KB060331

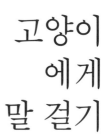

고양이
에게
말 걸기

백종선 소설집

작가의 말

상상은 마음의 공기다. 상상은 마음의 놀이다.

어린 시절부터 즐기던 마음의 놀이를 황혼이 지는 나이에도 여전히 즐기고 있다.

대책 없는 나의 호기심이 잠들지 않는 밤이면 노트북을 켜고 마음의 구슬 하나, 저장한다. 기분이 편안하고 좋아진다. 그렇게 모은 구슬이 어느덧 넘쳐 구슬 상자 밖으로 삐져나오려 하자 약간 불안한 마음이 들었다.

구슬이 서 말이면 뭐 하냐? 꿰어야 보배지. 나를 자극하는 목소리들이 아우성친다.

이제 한눈 그만 팔고 구슬들을 꿰어야겠다. 돈 주고도 살 수 없는 아름다운 목걸이를 만들 작정으로 다시 샘솟는 창작의 샘에 두레박을 내리던 날, 가슴이 몹시 두근거렸다.

어떤 향을 가진 어떤 모양의 어떤 색깔의 꽃이 필 것인지 상상만 해도 가슴이 뛰었지만, 기대만큼 써지지도 않고 눈높이를 뛰어넘는 일도 만만치 않았다. 그래! 창작이란 물론 어려운 일이지. 어려우니 도전하고 싶은 욕구도 생겨나는 거 아닐까.

미흡한 작품이지만 깊은 정성과 사랑으로 작품에 대한 뒤표지 글을 기꺼이 써주신 존경하는 박정규 교수님께 감사드리며, 생에 대한 깊은 통찰로 기도하는 마음으로 뒤표지 글을 써주신 김진초 소설가님께도 감사드린다.

2022년 겨울
백종선

차례

고양이에게 말 걸기

1

가뜩이나 밥맛 없어 죽겠는데 이젠 엄마 머리카락까지 먹으라는 거에요? 저녁밥을 먹던 민호가 미간을 찌푸리고 숟가락을 식탁 위에 던지듯 내려놓으면서 투덜거렸다.

엄마도 이제 죽을 때가 가까운 모양이야. 도무지 눈이 침침해서 먼지도 머리카락도 잘 보이지 않고 이제 귀도 잘 안 들려. 이렇게 살면 뭐 하겠니? 그렇지 않아도 코로나 시국에 늙은이들이 죽어라 안 죽는다고 젊은것들이 불만이라던데. 총각김치를 집어 들고 우적거리며 씹던, 엄마의 세모꼴 눈과 마주친 아버지는 시커먼 눈썹을 꿈틀대며 막 식탁에서 일어나려는 민호를 자리에 눌러 앉혔다.

"넌 그 나이에 부모한테 기생해서 살면서 뭐가 그리 뻔뻔한 거냐! 백수면 네가 밥이라도 해서 식탁을 차려보던

지, 어디서 그따위 말버릇이야. 엄마한테 사과해 빨리. 누구처럼 개한테 사과해서 혼나기 전에 말이야."

민호는 풀 죽은 낯으로 고개를 숙였다.

이상도 해라. 언젠가는 달걀껍데기가 들어가더니, 엄마 머리카락은 왜 아들 밥그릇만 좋아한다니? 참다못한 엄마가 너스레를 떤다. 아버지는 요즘 눈앞에 날 파리가 날아다닌다고 스트레스 때문에 명대로 못살 거 같다고 툴툴거렸다. 아버지는 불만이 한번 터졌다 하면 봇물 터지듯 내쏟고 마는 성격이라 고장 난 기계처럼 잔소리가 멈출 줄 몰랐다. 음식에 머리카락이 들어갔으니 엄마의 부주의를 나무라야 하는데 아버지는 무턱대고 민호만 쪼아댄다.

넌 멀쩡한 직장도 팽개치고 벌어놓은 돈도 없고 게다가 건강관리까지 엉망이니 도대체 무슨 생각으로 사는 거냐! 사십이 코앞인데. 아버지는 네 나이에 중학교 다니는 두 아들과 아내를 벌어먹였다. 넌 자존심도 없냐? 부모 목에 빨대 꽂고 기생충처럼 피 빨아먹는 것도 하루이틀이지 부모 죽고 나면 노숙자밖에 더 되겠어? 누군 노숙자 되고 싶어서 되는 줄 아나! 수도꼭지에서 졸졸 떨어지는 물처럼 아버지의 잔소리는 그칠 줄 몰랐다.

순간, 민호의 눈썹이 이마 위로 솟구친다. 아버지는 어

떤 사건에 대해 화를 내다보면 그동안 누적돼온 불만이 곱
빼기로 치솟는 모양이었다. 아무리 그래도 눈칫밥 먹고 사
는 백수가 제일 힘들 텐데 말이야. 참다못해 엄마가 끼어
들었다.

시끄러워죽겠네, 정말. 공동주택에 살면서 남 창피한 줄
도 모르고 소리 못 지르고 죽은 귀신이라도 있어? 엄마의
눈꼬리가 이마로 뻗치는 순간이다.

살다 보면 백수가 될 때도 있는 거지, 쉴새 없이 일만 하
고 앞만 보고 살았다고 당신은 지금 행복하냐고? 살다 보
면 옆도 보고 뒤도 보고 그렇게 사는 게 인간적이지. 그렇
게 산다고 당신 말처럼 잃기만 하겠어요! 혼잣말처럼 웅얼
거리던 엄마가 설거지 그릇을 던지듯 개수대에 쏟아부으
며 짜그락댄다.

아버지가 담배를 물고 뒷베란다로 나간다. 담배 좀 끊어
요. 폐암이라도 걸리면 어쩌려고! 당신은 가족력이 있으니
더 신경 써야 하잖아요. 십 년 동안 시어머니 치매 간병하느
라 난 폭삭 늙었는데 당신마저 병 걸리면 남편 병치레까지
하란 말이야? 엄마의 지청구에 아버지의 눈썹이 이마 위로
솟구친다. 순간 민호는 침을 꼴깍 삼킨다.

엄마는 좀체 화를 내지 않는 성격이지만 인내심이 한계

에 도달하면 목소리는 낮아지고 눈꼬리가 올라간다. 민호
는 목덜미에 반응이 오는 듯 목을 소리 나게 꺾고는 현관
문을 박차고 나와 버렸다.

2

아파트 정문 앞, 길 건너 어린이놀이터로 발길을 옮긴
민호는 정자 옆 공원 벤치에 앉아 먼 하늘을 올려다본다.
노란 달빛을 받은 검푸른 숲에서 바람이 일렁인다. 단풍
든 색색의 낙엽들이 우르르 휘날리더니 민호의 운동화 발
등에 내려앉았다. 낙엽들을 털어내려는 순간, 놀이터를 둘
러싸고 있는 숲 어디에선가 어슬렁거리며 나오던 길고양
이의 야광 눈빛과 마주쳤다.

가끔 공원을 산책하노라면 길고양이 무리가 유리알 같
은 눈을 빛내며 어슬렁거렸었다. 언젠가 동네 참깨밭에서
어슬렁거리고 나오는 고양이를 보고 민호가 참깨라고 이
름을 지어준 바로 그 고양이다. 다른 고양이에 비해 순해
보이고 귀여운 모습이라서 기억에 남아있는데, 오늘은 왠
지 심사가 뒤틀려 놈의 눈빛을 쏘아보았다.

이봐요 형씨! 거기서 뭐 하고 있는 거야? 왜 그렇게 주눅이 들었어? 왕따야? 외로운 모양이지? 멀쩡하게 잘생겼는데 그 나이 되도록 여자 친구, 하나도 없는 거야? 라는 눈빛으로 고양이는 민호의 작업복 바짓자락을 물어뜯기도 하고 운동화에 몸을 비비적거리며 애교를 떨었다. 버릇처럼 호주머니 속 담뱃갑을 만지작거리던 민호는 잠시 멈칫한다. 백신주사 2차 화이자 맞은 지 일주일도 지나지 않았다. 1차는 주사 맞은 자리가 좀 뻐근하기만 하고 별 증상 없이 지나갔지만 2차는 만만치가 않았다. 고열이 나고 온몸이 바늘로 찌르는 듯 콕콕 쑤시고 정수리가 터질 듯 조여들었다.

백신주사 맞기 보름 전, 충치 치료하러 치과에 갔었다. 의사의 다짐이 떠오른다. 아직 젊은 나인데 치아 관리 좀 잘하세요. 무슨 일이 있어도 술 담배는 절대로 안 됩니다. 백신 맞고 부작용 일어나면 큰일 납니다. 3주 동안은 눈여겨봐야 합니다.

담배를 못 피우니 명현반응인지 신경이 날카로워져 가시처럼 솟구쳐있던 터다. 아버지의 폭언이 날파리 윙윙거리듯 다시 귓가를 맴돈다.

넌 자존심도 없냐? 부모 목에 빨대 꽂고 기생충처럼 피

빨아먹는 것도 하루이틀이지 부모 죽고 나면 노숙자밖에 더 되겠어? 누군 노숙자 되고 싶어서 되는 줄 아나! 아버지한테 주먹을 날리고 싶다는 충동이 일어나는 순간이다. 민호는 바짓가랑이를 물고 몸을 둥그렇게 만 채 바닥을 뒹구는 길고양이를 운동화를 세게 굴러 바닥에 내동댕이쳐버렸다. 나가떨어진 고양이는 슬금슬금 민호의 눈치를 보다 숲 어딘가로 사라졌다.

민호의 점퍼 주머니 안에는 달랑 한 개비 남은 담뱃갑, 오백 원짜리 동전 몇 개와 2천 원짜리 즉석 복권 한 장뿐이다. 참깨야 열려라. 주문을 외며 행운 숫자와 일치하는 수가 나오기를 희망한다. 드디어 셋째 줄에서 그의 행운 숫자와 일치하는 03이 나왔다. 으쌰! 일천만 원? 일억? 십억? 이만 원? 이천 원? 가슴이 뛰는데 행운 번호 당첨금을 보니 에이, 고작 2만 원이다. 심드렁하다가 마음을 위로한다. 이천 원을 투자해서 10배의 수익을 남겼으면 괜찮은 투자지. 민호는 푸푸 거리며 웃었다.

올해로 직장을 잃은 지 3년째다. 일 안 해도 부모 밑에 빌붙어 먹고 잘 곳 있으니 당장 죽을 맛은 아니지만, 주택청약부금 1년쯤 넣던 것도 중단되었다. 오라는 곳 없어도 갈 곳이 많은 민호는 부모 눈칫밥이 신경 쓰였는지 자신을 자극하는 말을 들으면 영락없이 목을 옆으로 꺾으며 반응했다. 그러다 목뼈 부러질라.

어제 엄마는 인터넷 서핑하다가 우연히 틱 장애가 있는 청춘의 동영상을 보았다고 했다. 엄마는 아들이 틱 장애 초기증상이 아닌지 모르겠다며 걱정스러운 표정을 지었다. 엄마도 아버지도 색깔은 좀 다르지만 둘 다 걱정거리가 많은 편이다. 민호 자신도 걱정이 없을 리 없지만, 이미 지나가 버린 시간에 매달리고 싶지는 않았다. 하지만 3포세대니 5포세대니 하는 뉴스를 듣고 있노라면 친구한테 꾸어 쓴 돈을 까맣게 잊고 갚지 않았다는 사실이 기억난 것처럼 언짢은 생각이 들기도 했다. 아무리 제 코가 석 자라지만 역병이 도는 시간을 살면서 눈에 띄게 부쩍 늙은 부모님을 보노라면 요즘 민호의 마음은 심란하기 짝이 없었다.

천만 원짜리 적금통장은 해약해서 곶감 빼먹듯 쓰다 보니 지금은 빈털터리다. 지난주에 y시청 청년 일자리센터를 찾아가 신청해놓고 기다리는 중이지만 마땅한 일자리가 나오지 않는다. 민호는 가족들한테 눈치가 보여 쿠팡 택배 일이나 편의점 시간제 아르바이트라도 나오면 하고 일 없으면 방에 처박혀 모바일 게임을 하거나 영화를 보기도 하고 유튜브 인기 동영상을 보면서 시간을 죽이고 있었다.

그의 동창들은 거의 결혼하여 직장생활 하며 자식도 낳고 잘살고 있었지만, 민호 자신은 그렇지 못했다. 돌이켜보면 삼십 초반에 청재킷을 만난 이후 매사에 일이 꼬이면서 되는 일이 없었다.

남자는 그저 여잘 잘 만나야 해. 냉장고는 순간의 선택이 10년을 좌우한다지만 여자 한번 잘못 만나면 평생이 웬수라고, 아버지는 가끔 엄마 들으라는 듯 불만인 양 내질렀다. 아버지가 그런 말을 할 때마다 민호는 코웃음을 쳤었지만, 시간이 쌓이면서 그 말은 여지없이 맞아떨어졌다.

3

민호에게도 군에서 제대하고 돌아와 한때 화이트칼라 시절이 있었다. 이름만 대면 알만한 기업의 산업디자이너로 빛나던 시간이다. 예술적 감수성이 강하고 섬세한 그였지만 미술을 전공하지 않은 채로 제도권 아래 회사 시스템에서 수직적 갈등 없이 버티기란 힘들었다. 사회생활 하면서 손바닥을 잘 비비지 못하는 성격도 성격이지만 대인공포증이 있어 상사와의 문제를 풀어내는데 정면 돌파를 하지 못했다.

　—한민호 씨 아버지가 w마트 구매 본부장이란다. 이번에 뉴 코카콜라 대형광고를 우리 회사 디자인팀이 맡았다던데. 어쩐지 낙하산 같더라니. 입사하자마자 무슨 대리야. 남들은 빨라야 5년 이상 걸리는데. 으으 재수 없다—

　어느 날 회사 화장실 문밖에서 들려오는 소리에 녹변이 대장을 막고 있는 것처럼 복통이 일었다. 그 당시 민호는 서울 근교의 집을 떠나 서울 마포에 있는, 엄마의 친구가 운영하는 원룸에서 회사에 다니고 있었다. 민호는 사장의 배려로 다섯 시 퇴근하기 무섭게 회사 근처 디자인 전문학원에서 시각디자인을 배우며 한창 재미를 붙일 때라서 직장동료들이 질투하는 눈초리가 부담스럽기도 했었다.

　민호가 원룸에 입실하고 나서 며칠 지나지 않아 원룸 사장의 아들인 k와 마주쳤다. k는 일정한 직업이 없이 명동에 있는 수제 돈가스 식당에서 격일제로 알바를 하고 있다고 자신을 소개했다. k는 민호와 동갑이었지만 우락부락한 모습이 남자다웠고 어딘지 거칠어 보였다.

　회사 화장실에서 자신을 조롱하는 듯한 말을 우연히 듣게 된 날, 민호는 울적한 마음에 맥주를 사 들고 들어가 k의 방을 노크했다.

난 아무래도 직장생활이 생리에 안 맞는 거 같아서 말인데… 민호의 말이 끝나기 무섭게 '민호 씨 아버지, 잘 나가시잖아. 외국계 유통회사 구매 본부장이라면서? 끝발 좋은데 좀 비벼보시든가. 택도 없으면 털어버리고 나랑 돈가스 식당에서 알바나 합시다. 솔직히 말해서 명동에서 일하면서 목돈 좀 모았지. 이삼 년 후에 내 가게 하나 차릴 작정인데, 후원자도 있고. k는 자신감 있게 말한 후 캔 맥주를 한 번에 들이켰다. 왠지 가슴이 더 졸아드는 느낌이 들어 민호는 헛기침이 나왔다. 여자 친구 있냐고 k가 느닷없이 물었다. 고개를 젓자 그날 밤 안으로 온라인 토끼띠 삼십 대 싱글남녀 카페에 가입하라고 카페 주소를 알려주면서 후회는 안 할 거라고 싱긋이 웃었다. 민호는 온라인카페에 가입은 했지만, 가입 인사도 안 하고 눈팅만 하고 지냈다.

어느 날, 회사에서 시각디자인 현장실습이 있어 민호는 명동 k백화점 부근 거리를 걷고 있었다. 그때 핸드폰이 울렸다. 30대 토끼들 싱글 남녀 여섯 명이 오늘 명동에서 오프라인 모임을 한다면서 별일 없으면 나와 보라고 했다. 삼삼한 여자들이 올 거라면서 k가 바람을 불어넣었다.

'전공자가 아니면서 회사에 살아남으려면 남들보다 배는

노력해야 한다. 아버지 체면을 봐서라도 책잡히지 않게 주의하란 말이다. 쓸데없이 감상에 젖어 휘둘리지 말고'. 이틀에 한 번꼴로 회사로 전화를 걸어 간섭하는 아버지한테 어지간히 질려있던 민호는 k의 유혹이 틈새로 와 박혔다.

민호는 작업을 마치고 명동 뒷골목에 있는 k가 일하고 있다는 수제 돈가스 식당으로 갔다. k는 마치 식당 주인처럼 여유 있는 표정으로 돈가스를 나르며 활발하고 거침없이 자신을 드러냈다. 여자들은 서로 이미 모임에 익숙해 있는 듯 웃고 떠들며 재재거리고 있었다. 여자 셋 중에 단아하면서 지적인 단발머리는 학원 논술 강사였고, 청재킷에 하늘거리는 시폰치마를 입은 야한 차림의 여자는 북 카페 사장이었고, 송혜교를 닮은 예쁜 여자는 미장원의 실장이라고 했다. 민호는 안 보는 척하면서 단숨에 셋을 훑었다. 논술 강사의 인상은 영리해 보였지만 왠지 답답했다. 청재킷을 입은 북 카페 사장은 옷차림도 너무 낯설고 분위기가 경박해 보여서 관심 없었고, 늘씬한 각선미의 미장원 실장한테 한동안 눈길이 멎었는데 그녀는 민호와 눈이 마주치자 다른 곳으로 시선을 돌렸다.

맛있다. 소스가 독특하다. 고기와 야채 디자인이 환상이다. 저마다 수다를 떠는 동안 k가 미용실 실장한테 툭 말을 던진다. 미스 장, 오늘따라 더 예뻐졌는데 무슨 좋은 일 있나? 그러자 미스 장이 k를 향해 눈을 흘긴다. 뭐야, 둘이 썸, 타는 사인가? 마음이 왠지 켕겼다. 민호가 밖으로 나가고 싶은 심정을 누르고 있다가 화장실 가려고 일어서는 순간, 청재킷이 그에게 말을 건다.

한민호 씨, 오늘 처음 나오셨죠? 공붓벌레에 귀공자 스타일이시네, 하면서 민호가 남긴 돈가스 두 토막을 가리켰다. 입이 짧으시구나. 누군지 담에 짝꿍 될 사람 힘들겠네. 음식을 남기지 않고 잘 먹어야 여자 복이 있답니다. 누구처럼. 청재킷이 k를 가리키며 부러운 표정을 지었다. 미용실 실장은 청재킷의 등을 치며 또 눈을 흘긴다. 넷을 제외한 나머지 두 남녀는 있는 듯 없는 듯 입 다물고 가끔 히죽거리기만 했다.

식당을 나와 2차로 간 호프집에서 엉망으로 취한 민호는 술에 약해서인지 몸을 비틀거렸다. k와 미용실장이 먼저 골목으로 사라졌다. 싱거운 두 남녀는 뭔가 미진한지 3차로 멸치국수로 입가심하자고 민호와 청재킷한테 제안했다. 청재킷은 민호에게 눈웃음을 치며 분위기를 잡았지만, 민호는 내키지 않았다. 공연히 시간을 낭비한 것만 같아 후회가 밀려와 택시를 호출하려는데 갑자기 청재킷이 다가오더니 민호의 목을 끌어안고 볼에 입맞춤했다. 민호의 얼굴이 붉게 물들었다. 안녕! 민호 씨 또 만나요, 하며 첫 모임에서 튀는 행동을 했던 그녀, 손을 흔들며 멀어져가던 청재킷이 외계인처럼 낯설었다.

　민호의 생은 그 밤 이후로 꼬이기 시작했다. 그날로 민호의 전번을 따간 그녀와는 몸이 먼저 욕망을 채우고 다음에 마음이 찾아들었다. 군에서 제대 후 녹이 슬어있던 그의 몸은 뜨거운 피가 돌았다. 흔한 말로 그의 취향이 아니었지만, 생리적인 문제가 해결되면서 이상한 연애가 시작되었다.

　어느 정도 시간이 흐르면서 신선했던 느낌이 흐릿해질 무렵, 은은한 조명등 아래 청재킷의 몸을 애무하는 중에 민호는 소스라치게 놀랐다. 그녀의 배, 아래쪽으로 작은 지네 한 마리가 누워있는 게 아닌가. 이게 도대체 뭐지? 수술 자국인가? 청재킷은 지금까지 사는 동안 병치레 한번 안 한 건강미 넘치는 여자라고 자신을 홍보하지 않았던가. 그렇다면, 뭐지? 혹시 제왕절개로 아이를 낳은 흔적? 그럴리가. 민호는 면도날에 얼굴이 긁히는 듯한 충격을 받았지만 내색하지 않았다.

섹스를 끝내고 모텔 밖으로 나온 민호는 담배를 입에 물었다. 밤하늘에 은가루를 뿌린 듯한 별 무리에서 별똥별 하나가 떨어져 내렸다.

민호 씨, 여기서 뭐해? 어머 별똥별이잖아. 민호 씨, 그거 알아? 별똥별 떨어질 때 소원을 빌면 이루어진대. 민호 씨, 소원은 뭐야? 청재킷의 뻔뻔한 반응에 여전히 외계인을 보듯 그녀를 바라본다. 가증스럽다. 구토가 나려 한다. 그는 세상에서 거짓말하는 사람을 제일 싫어한다.

고소해 씨! 나한테 뭐 숨기는 거 없어? 모처럼 그녀의 이름을 부르는 건 청재킷이라는 익명성에서 투명함으로 나오라는 뜻이 내포되어있었다. 솔직히 말해봐. 무슨 수술한 적 있어? 맹장 자리도 아닌데. 말문을 튼 김에 민호는 끝장을 보기로 마음먹었다.

복병처럼 숨어있던 비밀이 알몸을 드러낸 듯 청재킷의 얼굴이 붉어졌다가 차츰 노래졌다. 도망칠 구멍이 없었다. 그녀는 잠시 주저하다가 체념한 듯 말했다.

미안해! 잘못했어. 일부러 숨긴 건 아니야. 난 민호 씨를 정말 사랑하는데 민호 씨를 놓칠까 봐 두려워서 말 안 한 것뿐이야. 딸 하나를 낳았을 때 남편이 교통사고로 세상을 떠났어. 그렇지만 신경 안 써도 돼. 딸은 경상도 시골에서 할머니가 키우고 있어. 지금 중2야. 공부도 잘하고 맘도 착해. 고등학교 졸업하고 기술학원에 갈 거니까. 기왕에 알게 된 거 솔직하게 말한다면서 그녀의 표정은 바닥까지 내려간 자의 나른한 평화가 깃들어있었다.

그만해. 처음부터 솔직하게 말했더라도 내겐 상관없는 일이었어. 현재가 중요한 거니까. 아무리 날 만나기 전 일이라지만 날 속였다는 건 참을 수 없어. 악연은 인제 그만 끝내자. 망설임 끝에 민호는 그렇게 말했지만 칼로 무 자르듯 쉬운 일은 아니었다.

청재킷은 야한 모양새와 달리 살림을 잘하고 야무진 구석은 있었다. 하루가 멀다고 멸치 김밥에 유부초밥에 때로는 소고기 볶음밥에 장어덮밥까지 감칠맛 나게 만들어 회사 앞 경비실에 맡겨놓았고, 새콤달콤한 설렁탕 깍두기를 맛있게 만들어 민호가 사는 원룸으로 택배로 보내기도 했다. 그녀의 고향인 경상도 시골에서 농사지은 사과와 감말랭이를 보내면서 잔정을 이어 가려 했다. 결단을 내려야지 하면서도 타성에 젖어있던 어느 밤, 낯선 남자로부터 한 통의 전화를 받았다.

야 이 개새끼야! 너 누구야! 고소해 하고 무슨 관계야. 어디 여자가 없어 유부녀를 꼬여내느냐고! 내일 네 놈 회사로 찾아갈 테니까 기다리고 있어.

무서웠다. 가슴이 덜컥 내려앉았다. 전화를 끊고 골똘히 생각에 잠겼다. 엄마 아버지가 알면 날벼락이 내릴 텐데. 심란한 마음을 누르고 담배를 입에 물고 연기를 내뿜자 두려움이 좀 사라지고 분노가 정수리까지 솟구친다. 남편이 죽은 게 아니었어? 아니면 과거에 사귀던 남자? 어처구니없는 경험이었다.

민호는 그날 이후로 자신의 방안에 갇혀서 나오지 못하는 은둔자가 돼 버렸다. 세상의 여자들을 몽땅 믿을 수가 없었다. 그날 이후 여자에 대한 증오심이 생겨났다. 당연히 회사 출근도 안 하고 게임방에서 죽치기도 하고 고속버스를 타고 목적지 없이 방황하는 동안 시간은 기다려주지 않았다.

이 세상에서 가장 나쁜 죄가 시간을 낭비하는 죄라던, 엄마의 말도 민호의 목을 조였다.

4

민호는 즉석 복권 당첨금 2만 원의 행복을 즐기려 공원에서 벗어났다. 공원과 멀지 않은 곳, 동네 외식 타운 앞 동물백화점에서 고양이 먹이 참다랑어와 총채처럼 생긴 알록달록한 놀이기구를 사 들고 나오는데 계산대 옆 진열대에 시집 몇 권이 놓여있었다.

『고양이에게 말 걸기』 시집 제목이 눈길을 끌었다. 마치 자신에게 내린 선물처럼 느껴져 시집을 펼쳐보자 민호는 시인이 궁금해졌다. 저자 이름에 고소해 지음이라고 적혀있었다. 고소해? 고소해? 특이한 이름이라 기억하고 있었지만, 그때만 해도 청재킷이 떠오르지는 않았다.

남은 만 원을 마저 지불하고 민호는 시집을 사들었다. 길고양이, 참깨를 운동시키기 위하여 다시 놀이터 공원으로 돌아왔을 때 참깨가 보이지 않았다.

참깨야, 참깨야! 어디 있냐. 민호는 애타게 참깨를 찾아다녔다. 놀이터를 경계로 신도시 아파트와 후진 동네 뒷골목 저편에는 유통기한 지난 듯 보이는 빌라촌이 있었다. 철망 울타리가 있어도 철망이 잘려 틈새가 생겨 있으나 마나다. 맨 아래층 풀숲에 입구가 터지도록 비어져 나온 지저분한 쓰레기 봉지, 모서리가 떨어져 나간 상처투성이의 앉은뱅이책상, 때 묻은 솜뭉치가 비어져 나온 낡은 소파, 알록달록한 플라스틱 쪼가리들을 지붕처럼 덮고 있는, 살이 부러진 검은 우산도 눈에 띄었다.

도대체 어디로 간 거지? 놀이터 풀숲에서 기다란 나무막대를 주워 든 민호는 틈새가 생긴 울타리를 비집고 들어가 나무막대로 풀숲을 헤치고 다녔지만, 어디에도 그가 찾는 길고양이는 없었다. 놀이터 요람 그네에도 미끄럼틀 아래도 없었다. 여느 때 같으면 참깨를 부르는 민호의 목소리나 작업복에서 나는 칙칙한 냄새나 고린 발 냄새를 맡고는 즉각 뛰쳐나왔는데 말이다.

저만치 십자가를 높이 매단 교회 바로 옆 상가 2층에는 '착한 보살' 간판이 걸려있었다. 간판에는 운을 알아야 미래가 보인다, 라고 쓰여 있었다. 운칠기삼이라는 말이 떠오른다. 좋은 기운아 내게로 오라. 나도 이제 안정된 일터를 갖고 좋은 여자도 만나고 싶다. 참깨와 더불어 사는 아담한 보금자리주택도 내게로 오라. 민호는 기도하는 마음으로 걸었다. 길을 지나는 사람들은 모두 다양한 색깔의 마스크를 쓰고 눈만 내놓고 있었다. 민호 자신도 마스크를 쓰고 있어 상대가 자신의 표정을 볼 수 없는 게 오히려 편했다. 직장을 잃으니 친구들도 다 떨어져 나가고 어쩌다 친하게 지냈던 친구와 통화가 돼도 술 한잔하자는 그의 제안을 거절하는 일이 잦았다. 길고양이, 참깨는 그날 나타나지 않았다. 공원에 가끔 나타나는 캣맘이 있다더니 집으로 데려간 건가.

가을이 깊어졌다. 부쩍 차가운 바람이 목덜미를 베어내는 듯해 민호는 옷깃을 세웠다. 밤에 기온이 떨어져 길고양이가 감기라도 걸리고 병이 나면 어쩌나. 걱정 끝에 길가에 버려진 나무판자로 벽을 세우고 바닥에는 포근한 담요를 깔아 고양이 집을 만들어 놓고 놀이터 공원으로 나왔다. 참깨야 나와라. 열려라, 참깨. 마법이 통했는지 놀이터 뒷문 쪽에서 대로변으로 난 화단 사이에 그림자가 일렁이더니 참깨가 야광 눈빛을 번뜩이며 민호를 향하여 어슬렁거리며 다가왔다.

아싸! 우린 오늘 서로 통했다. 참깨의 등허리를 어루만지니 참깨는 민호의 운동화 위로 발랑 자빠졌다. 등허리 쪽을 부드럽게 어루만져주자 참깨는 민호의 팔뚝으로 뛰어오른다. 참깨가 발톱을 숨긴 채로 엉기는 걸로 봐서 이미 그한테 동족인 양 친근함을 느끼는 것일까? 민호의 심장이 훈훈해진다.

낮에는 마음껏 놀다가 밤이 되면 여기 들어와 자란 말이야. 얼어 죽지 않으려면. 민호의 말을 알아들은 듯 참깨는 얼음 사탕 같은 동공을 멈춘 채 민호를 향해 애교스러운 눈빛을 내쏟는다.

동물백화점에서 산 알록달록 총채를 닮은 놀이기구에 달린 방울을 흔들며 고양이 앞에 들이대면 고양이는 눈을 빛내며 기구에 매달린 뱀 혓바닥 같은 헝겊을 물려고 달려들었다. 민호는 놀이기구를 들고 하나, 둘, 하나, 둘 구령을 붙이며 놀이터를 한 바퀴 돈다. 참깨는 민호와 달리기 시합을 하는 것처럼 놀이터를 돌다가 지치면 벤치 옆 숲에 들어 단풍 든 낙엽들에 코를 박고 쿵쿵거린다.

오라 배가 고픈 거로구나. 민호는 주머니칼로 동물백화점에서 사두었던 참다랑어를 잘게 잘라 작은 양은 밥그릇에 넣어주고 텀블러에 담아온 따뜻한 물을 반찬 그릇에 부어준다. 어느새 한 식구처럼 정이 들었다.

그때 문자 오는 소리가 진동한다. 시에서 알선해준 일자리다. 주식회사 도도식품 관리팀장 구인 광고에 등록했더니 내일 11시에 면접 보러 오라는 연락이 왔다. 근무 시간 9시부터 6시까지. 한 달 급여 180만 원. 내일 면접 요망. 좋아, 무슨 일이든 시작해보자. 모든 새로운 시작에는 신비로움이 깃들어있다고 했잖아. 시작은 미미하지만, 끝은 창대하리라. 언젠가 성경에서 읽은 문구도 가슴에 꽂힌다. 그가 설레는 마음으로 참깨를 두 손으로 감싸 안으려는데 날카로운 여자의 목소리가 들려왔다.

이것 봐요. 여기서 지금 뭐 하는 거죠? 우리 토리한테 참깨라뇨? 토리는 내가 이 공원에서 기른 지 벌써 1년이 지났어요. 요즘 코로나로 보건소 일이 바빠 며칠 못 본 사이에 큰일 날 뻔했네. 고약한 냄새 풍기며 너구리가 고양이 밥 훔쳐 먹으러 오질 않나. 요즘 이 동네 건달들이 늘어나 길고양이 잡아 팔아먹는다는 소문도 있던데.

토리야, 이리 와 봐. 그새 머리털 빠진 것 좀 봐라. 오늘은 엄마 집에 가서 자고 내일 오자. 캣맘인 모양이다. 여자의 말을 못 들은 척 웬일인지 참깨는 자꾸 민호가 있는 쪽으로 어슬렁댄다. 여자는 후다닥 길고양이를 안더니 어깨에 올리고 공원 뒷문 쪽으로 걸어간다. 민호는 여자를 불러 세웠다.

이것 봐요. 캣맘이면 다야. 나도 동물을 좋아하는 사람인데, 그렇게 멋대로 무시해도 되는 거냐고. 캣맘이라서 고양이 마음만 읽고 사람 마음은 못 읽는 겁니까? 모르긴 해도 참깨는 캣맘보다, 나를 더 좋아할 거 같은데… 1년이든

한 달이든 그게 중요한 게 아닙니다. 얼마나 진심으로 대했느냐가 중요한 거지.

캣맘은 눈에 독화살을 품은 채 뭐라 말도 못 하고 숨만 씩씩거리고 있었다.

여자의 어깨에 두 발을 올려놓은 채 애타는 눈빛으로 민호를 바라보던 참깨의 파란 눈이 보석처럼 빛난다.

열려라, 참깨! 내가 마법을 걸면 언제든 이 공원으로 다시 올 거지?

여자가 사라지고 나서야 민호는 『고양이에게 말 걸기』 저자 고소해, 라는 이름이 떠올랐다. 그래! 이제야 생각났어. 그의 생을 꼬이게 했던 여자. 청재킷의 이름이다. 동명이인일지도 모르지만.

이제 와 생각해보면 민호의 생을 그토록 꼬이게 만든 건 그녀 탓이 아닐지도 모른다. 모든 선택은 자신이 한 것이니까. 누구 탓도 아니다. 그냥 삶의 주어진 현상을 살아냈을 뿐이라고, 민호는 자신에게 위로를 보내며 늘 점퍼 주머니에 넣고 다녔던 시집을 노란 불빛 아래 펼쳐 들었다.

고양이에게 말 걸기

야옹아!

십이지에도 들지 못한 너는 본래부터 아웃사이더야. 잠이 많아 신전 세배를 놓치다니 너는 게으름뱅이. 어느 틈에 소 등에 올라탄 쥐를 보려무나. 느려터진 소가, 방심하고 있는 열두 짐승들 앞질러 일찍이 뚜벅뚜벅 신전 문 앞에 도달했다네. 눈치 일단 지혜 이단인 쥐라는 놈, 순한 소를 제치고 소 등에서 팔짝 뛰어내려 일등으로 신전에 세배하고는 십이지에 들지 못한 너한테 약 올렸다지? 메롱!

야옹아!

이후로 너는 쥐 잡는다, 복수전에만 불탔지. 시간이 물살 따라 흐르는 동안 복수는 복수를 낳고 아수라의 시간을 맞이했구나. 참으로 다행스러운 건 생명이 있는 것들은 모두 아름답다는 말에 너도 위로받았다는 거다. 인간들의 손바닥에 새겨진 손금처럼 미묘한 인연 따라 우아한 족속들의 장식품이 되어 사랑받기도 하고 때로는 죽음을 눈앞에 두고 늙어가는 노인들 길 안내자가 되기도 하더니 이제 염병 시대에 이르러 길가에 버려져 길고양이가 되었구나.

야옹아!

나 또한 토끼 같은 빨간 눈으로 초록별에 살아남으려고 발버둥 쳤지만 진정 어떻게 사는 게 잘사는 건지 아직도 모른단다. 제아무리 상처가 깊어도 살아있다는 건 좋은 거야. 아웃사이더인 네가 마치 내 모습 같아서 너랑 장난치고 참다랑어 살도 나누는 거란다. 밤하늘의 별이 총총하구나. 이 광막한 우주가 먼짓덩어리라는 거 혹시 아니? 미세한 먼지 같은 존재, 내 인생이나 너의 생이나 뭐 있니? 세월 반 아픔 반 다 거기서 거기 아니겠니. 의지대로 살든 감정으로 살든 남을 해치지만 않았으면 좋겠네.

어느새 가을이 깊어졌구나. 그동안 너와 나, 위로의 눈빛 교감했으니 그것으로 되었다.

시를 음미하느라 눈을 감았을 때 야옹, 야옹, 스마트폰 컬러링 소리가 울린다.

민호니? 엄마다. 어디냐? 또 참깨한테 가 있니? 미쳤구나. 빨리 집으로 와. 아빠가 지금 복통이 일어났어. 아무래도 식중독 같아. 간장게장이 안 좋았나? 큰일 났어. 상태가 너무 안 좋아 응급실 가야 하니까 빨리 오란 말이야.

놀란 민호는 벤치에서 튕겨 나와 벤치에 시집을 놔둔 채로 숨이 턱에 차도록 집으로 달리면서 자꾸 뒤돌아본다.

노란 달빛을 받은 사철나무 숲 사이로 길고양이들이 하나, 둘 고개를 내밀고 있었다.

기이한 예감

1

만복의 발걸음이 오늘따라 무겁다. 이제 죽은 사람은 그만 찾아다니라는 은자의 비아냥거림도 귓가에 스트레스가 되어 맴돈다. 발부리에 차이는 빈 맥주 캔을 힘껏 걷어찬다. 획, 포물선을 긋고 날아오른 찌그러진 깡통 너머 은자의 아들이 언뜻 스친다. 아이의 구겨진 표정이 마음에 걸린다. 은자의 아들은 늘 혼자 노는 때가 많았다.

열린 문 사이로 들어서는데 연립주택 안 화단 가에 쪼그리고 앉은 아이의 뒤태가 눈에 익었다. 숨을 죽인 채 아이의 시선을 좇았다. 활짝 핀 해바라기 씨방에 살포시 내려앉은 잠자리를 향해 아이의 가느다란 팔죽지가 뻗어가고 있었다. 숨을 죽였는데도 그 소소한 공기의 흔들림에 잠자리는 날아가 버렸다. 뒤돌아본 아이가 시무룩한 표정을 지었다. 만복은 다가가 아이의 머리를 한번 쓰다듬어 준 후 물었다. 잠자리 잡아서 뭐 하게? 곤충채집 하려고? 아이는 고개를 젓는다. 너, 혹시 잠자리 생명이 얼마나 짧은지 아니? 아이가 여전히 고개를 내젓는다. 1년도 못살아. 잠자리 자유롭게 놀게 놔두고 아저씨랑 근린공원 구장에 공 차러 갈까? 그의 말에 아이의 얼굴이 환해진다.

아이와 공을 주거니 받거니 하는 동안 마스크를 쓴 주민 두어 명이 힐끗거리며 지나간다. 어린아이와 눈높이를 맞추고 공놀이하는 동안 구장 울타리 참나무 이파리 사이로 거미줄을 치고 있는 무당거미 한 마리가 늦은 오후의 햇살에 반짝이고 있었다.

만복은 구장 입구 쪽 등받이 없는 벤치에 앉아 아이가 끌어안고 있는 공을 뚫어져라 바라본다. 너에겐 어떤 자비로도 휴식이 없구나. 네가 죽어라 속이 골병들고 피 멍든 생채기로 굴러갈 때 누가 너의 수고와 멀미 나는 슬픔을 알아주려나. 공처럼 잘 굴러간다고 좋은 것만은 아닐 텐데 말이야. 호기심 어린 아이의 눈빛이 그의 얼굴에 꽂혀있었다.

모난 성격을 갈고닦아 공처럼 만들란 말이오. 그래야 세상 살기 편할 텐데. 아무리 생긴 대로 사는 거라지만. 자신을 무시하는 듯한 신 차장의 말이 떠올라 만복은 아이의 품에서 공을 잡아채 힘껏 내질렀다.

만복은 주식회사 Z 유품 정리업체 대리다. 본사는 일본에 있다. 한국 지사인 Z 주식회사 평직원으로 5년 근무하고 대리로 승진하기까지 10년이 걸렸다. 고독사한 독거노인이나 연고자 없이 사망한 사건 신고가 쉴 새 없었다. 지난주 봉천동 할머니 유품 정리 작업에 장애물이 생긴 이후 머릿속이 거미줄이다. 일의 후유증이 무력감으로 이어져 술 생각이 간절한 그는 아이를 집까지 배웅하고 시내 쪽 방향으로 발길을 돌려 낯익은 포장마차 안으로 찾아들었다.

─개새끼들! 갑질하는 놈들! 껌값밖에 안 되는 체불임금 가지고 말이야. 양심 한 톨 없는 새끼들, 어디 누가 이기나 두고 보자고. 아무리 부도가 났기로 노동자들 밀린 임금은 줘야 입에 풀칠은 할 거 아냐. 주민들은 속도 모르고 시끄럽다, 타협하라 난리고. 젠장, 이 판국에 안 취하고 어찌 사느냐고, 술 없으면 난 못 살아.─

꾀죄죄한 낯빛의 털북숭이가 포장마차 주인장을 향해 넋두리하고 있었다. 만복이 소주잔을 빨면서 주변을 두리번거린다. 슬쩍 쳐다본 그들이나 자신이나 피로가 쌓인 후줄근한 얼굴이다. 지쳤다. 그래도 누군가 말한다. 개똥밭에 굴러도 이생이 최고라고. 만복은 작게 중얼거린다. 조만간, 당신들도 죽음으로 가는 문턱을 넘겠지. 고단한 생이지만 지금을 즐기란 말이야. 만복은 자신에게 한 말인 듯 중얼거린다. 예측할 수 없는 내일이다. 당장 오늘 밤, 누군들 죽지 않는다는 보장은 없다. 당신이 지금 애지중지하는 모든 물건이 다음날 유품이 될 수도 있다는 걸 아무도 생각 못 하겠지? 생명은 짧고 아까운 시간은 지금도 흘러가는데 너 지금 뭐 하고 있니?

만복은 미간을 찌푸린 채 거푸 소주잔을 들이킨다. 순간, 은자가 소주잔 속에서 환하게 웃는다.

언젠가 비가 추적거리던 퇴근길에 까만 비닐봉지를 든 은자가 그의 우산 속으로 뛰어들었다. "이런 날은 소주 한 잔하면 좋겠다. 이거 떡볶이하고 오뎅인데 우리 집에서 한 잔할래요? 싫음 말고."

—창밖에 비바람 불 때면 내 맘에 나래 달고. 정든 벗 단둘이 거닐던 강가를 헤맨다.—

콧노래를 흥얼거리던 은자는 침묵을 견디지 못하고 뱉어낸다.

"아이 아빠는 보험회사 여자하고 연애질하다가 끝장났

어. 노름하고 연애질은 타고나는 거래요. 못 고친대."

무슨 말을 해줘야 하나 망설이던 만복은 헤어지기 직전 머뭇거리다가 아들아이 교육비는 받아내야죠, 하고 말문을 터놓고는 괜한 참견인가 마음이 켕겼다. 그의 말에 은자의 물기 어린 눈이 감실거렸다. 그녀는 만복을 앞세우고 삐걱거리는 철제계단을 걸어 올라 자기 집 현관 앞에 서서 무슨 말을 덧붙일 듯 만복에게 건넨 시선을 떼지 않았다. 은자의 치켜 올라간 눈매가 매섭고 깊었다. 그때 마침 층계참을 내려가던 늙수그레한 아래층 아줌마가 불쑥 끼어들었다. 남들이 다 기피 하는 일 하느라고 애쓰는구먼. 나중에 복 받을 거야. 그런데 요즘 무슨 일이 있는가? 총각 얼굴이 영 못쓰게 됐네. 틈나면 우리 집에 좀 들르우. 가자미식해 담근 거 있는 데 그것 좀 갖다 먹지 그래. 한 지붕 밑에 사는 것도 보통 인연이 아니잖나.

아래층 아줌마의 말이 귓가에 걸렸는지 며칠 뒤 은자가 부추부침개 쟁반을 들고 만복네 현관문을 두드렸다. 만복은 현관문을 열고 뜻밖이라는 듯 쑥스러운 표정으로 은자를 바라보았다.

"이렇게 궂은날엔 부침개가 딱이지. 메밀가루에 거리 부추를 넣어서 맛이 끝내줘요."

만복은 멋쩍게 웃으며 현관에서 쟁반만 받으려는데 은자가 날름 문을 밀고 집안으로 들어섰다. 아휴 노총각 냄새! 환기를 좀 해야겠네. 은자는 낡은 블라인드를 밀어 올리고 창문을 열었다. 만복은 일주일에 한 번 청소하는 둥 마는 둥, 바쁜 나날을 보내던 차라 집안의 너절한 풍경에 그만 짜증이 난다.

제가 좀 씻어야 해서요. 부침개는 잘 먹을게요. 밀어내는 말을 했지만, 은자는 아랑곳없이 등받이 없는 식탁 걸상에 털퍼덕 주저앉았다.

"내가 참한 여자 소개할까? 집도 있겠다, 직장 있겠다, 결혼 조건 이만하면 괜찮지 뭐. 외모는 별로지만. 얼굴 뜯어먹고 살 것도 아니고."

은자가 외모를 들먹거리자 만복은 뻘쭘한 표정으로 웃고 만다.

"어떤 스타일의 여잘 좋아해? 탁 까놓고 나 어때요? 내 나이가 총각보다 많긴 하지만. 아들 하나 공짜로 번다면 좀 좋아?" 은자가 나가려다 현관 손잡이를 잡은 채 고개를 돌려 툭 내질러놓고 그의 입술에 시선을 모았다. 만복의 다문 입술이 씰룩거리자 은자는 무안한 듯 깔깔거렸다.

2

다음 날 오후다. 아직 미완인 채로 봉천동 할머니 고독사 처리문건을 순차별로 작성하고 있는데 요란한 전화벨이 울린다. 화곡동 농장주로부터 온 전화다. 60대 후반 노인 사망 사건을 접수하고 만복은 별 장애물 없이 유품 정리가 이루어지길 바라는 마음으로 길을 나섰다. 오전 내내 햇살이 반짝했었는데 비가 오려나, 갑자기 바람이 휘몰아치더니 음지식물인 양 앞질러 떨어진 녹색 낙엽들이 구두코 위로 날아들었다.

시신 수습대가 사체를 들것에 옮겨 내가는 동안 코를 찌를 듯한 악취가 퍼진다. 이런 조악한 창고에서 홀로 살다 생을 마감하는 노인이라니. 만복은 배꼽 아래 단전에 숨을 모으고 주위를 둘러본다. 창고 한쪽 구석에 나무판을 세워 벽을 만들고 바닥에는 국방색 담요를 깔아놓아 엉성한 노름꾼 방 모양새다. 머리 한가운데가 거의 빠진 노인은 담요 위에 엎어진 채 팔은 머리 위쪽으로 뻗어 있었다. 머리맡에는 고혈압 약봉지와 당뇨 약 우울증 약으로 너저분했고 간암 재발진단기록이 적힌 우편물도 눈에 띄었다.

보고 싶다. 순임아! 엄마도 없이 홀로 살아내느라 얼마나 힘들었느냐. 애비도 이제 그만 세상과 작별할 시간이 됐나 보다. 네게 남길 거라고는 강원도 산속 삼백 년 묵은 참나무서식지에서 캔 영지버섯과 송이버섯, 표고 말린 것뿐이로구나. 힘들어도 꿋꿋이 살아라. 죽기 전에 꼭 너를 한 번만 만나보는 게 소원이지만. 순임아! 의지가 될 만한 좋은 남자를 만나기는 했느냐.

노인의 유서를 읽어 내리던 만복은 울컥한 심사가 치밀어 올랐다. 보고 싶으면 만나면 되지 누가 못 만나게라도 하느냐고. 가족이 도대체 뭐냐고? 서로 상처를 주고받으며 고통스럽기도 하지만 가족은 누구에게나 소중한 동굴이 아니냔 말이야. 집주인의 말에 의하면 노인의 아내는 집을 나가버려 연락이 끊겼고 딸아이는 유치원 교사라고 했다.

"노인은 5년 전에 간암 3기 진단받고 수술을 한 후 항암치료를 마다하고 강원도 깊은 산 속으로 들어가 2년 남짓 움막을 짓고 홀로 살았다고 합디다."

약초 뿌리 캐러 다니는 초라한 노인의 모습이 스친다. 칙칙하고 검푸른 산속에서 허방을 짚고 구르다가 독이 오른 살모사를 만났을지도 모른다. 늙고 병들어 생의 허물어가는 끝자락을 노인은 무슨 생각으로 견디었을까? 만복은 천천히 깊은숨을 내쉰다.

약초 뿌리 캐 먹고 구름 따라 바람 따라 살다가 증세가 차츰 나아져 서울로 올라왔답디다. 하나뿐인 피붙이가 그리웠던 게죠. 아 글쎄 시내와 좀 떨어진 우리 농장에 세 들어 살면서도 딸이 걱정할까 봐 연락도 하지 않은 거 보면 휴우~ 자식이 뭔지. 곧 외동딸을 만날 거라고 노인의 낯빛이 환해져서 다시 살아나는 줄 알았다며 주인은 한숨을 내쉬었다.

만복은 찜질방에 들러 1시간 남짓 땟국과 악취를 씻어낸 후 약초 자루를 챙겨 순임의 소재를 찾았다. 노인의 유서와 유품을 전해주자 그녀는 멍한 낯으로 유치원 뒤란 공터에 주저앉아 버렸다. 그의 눈길을 피해 멀리 흘러가는 구름 조각을 좇던 순임은 이내 약초 자루를 품에 안고 쓰다듬으며 하염없이 눈물을 떨구었다.

"딸이 도대체 뭐라고, 암에 걸린 아버지 돌보지도 못하고 내 살길만 찾던 나쁜 딸도 딸이라고." 힘내세요. 산 사람은 살아야죠. 만복은 순임에게 명함 한 장을 건넸다. 혹시 필요할지 모릅니다. 유품 처리에 부족한 점이 있으면 주저 말고 연락 바랍니다.

유치원을 나온 만복은 화곡동 시내를 빠져나와 시골 들길을 내달렸다. 속도감을 주고 달리니 스트레스가 좀 풀리는 느낌이 들었다. 차창 밖으로 스치는 미루나무 이파리가 햇살에 반사되어 은빛 고기떼처럼 밀려간다. 풍경이 밀려날 때마다 지난 사건들이 릴레이 영화의 한 장면처럼 스치고 지난다.

　너도 이 세상에 태어나 뭔가 하나는 이루어야 하지 않겠니? 까만 매직펜으로 쓴 문장을 책상 위 벽에 붙여놓았던, 소방공무원 시험을 준비하던 35살 청년의 자살. 첫눈에 들어왔던 그 글귀가 지금도 만복을 자극한다. 게임 도박에 빠져 십 년의 세월을 낭비한 청년은 뒤늦게 엄마의 권고로 자격시험을 준비하다 몇 년째 실패하면서 기가 꺾인 모양이었다.

　─육시랄 놈. 죽을 거면 진작에 죽지. 어미 가슴에 대못질하고 죽는 건 뭐여. 행여 시험에 붙어 열불 나는 어미 가슴에 불이라도 꺼주려나 했더만. 이 나쁜 놈아. 아무리 그렇다고 어미 앞서 가느냐. 이 불쌍한 놈아. 내 새끼야!─

　땅바닥을 치며 소리소리 지르던 청년의 어머니에게 다가가 등허리를 쓸어내렸을 때 그녀는 어린아이처럼 만복의 가슴을 파고들어 짐승처럼 울다가 그대로 혼절해버렸다. 청년의 어머니를 병원 응급실로 옮기던 날의 기억이 사뭇 어제 일처럼 떠오른다.

아무리 힘들어도 죽지 말고 더 살아보지. 미래는 아무도 모르는데 말이야. 가족이라고는 하나도 없는 나 같은 고아도 살아가는데 널 품어주는 엄마가 있는데 죽긴 왜 죽어. 자살을 거꾸로 읽으면 살자, 라는 말도 있잖은가. 35년, 그렇게 짧게 생을 마감하려고 세상에 태어나다니. 도대체 무슨 숨은 뜻이 있는 것일까. 사람들은 신은 존재하지 않는다. 신은 죽었다. 아니다. 신은 숨었다는 말로 숨바꼭질하면서 욕망을 향해 달려왔지만 저마다 살기가 더 팍팍해졌다. 상처받은 사람들은 무덤처럼 늘어난다. 자의든 타의든 허망한 죽임을 당한 사람들의 유품을 정리해주고 그 대가로 만복은 먹고산다. 단지 먹고살기 위해서만은 아니라고 중얼거리면서 그는 애써 마음을 달랜다.

그날 울적한 마음으로 내려오던 길에 산 중턱 식품 가게에 들러 캔 맥주에 새우깡을 사 들고 먼데 하늘을 보고 있는데 평상에서 여편네들의 수다가 들려왔다.

—외아들을 공사 현장에서 잃고 사춘기 손자마저 집을 나가버려 노상 죽고 싶다고 하시더구먼. 여든 넘은 할머니가 병든 몸을 하고서도 하루도 거르지 않고 고물을 주워

판 돈을 엄청나게 모으셨대요. 손자를 찾으면 공부시킨다
고.—

그날 이후 며칠 지나지 않아 할머니의 주검과 맞닥뜨렸
다.

아무리 절망적인 상황이 되어도 인간은 사랑할 대상이
있으면 살기 마련이다. 만복은 안타까운 마음으로 할머니
의 방으로 들어섰다. 그날 유품 정리에 훼방꾼이 나타났다.
아직도 풀지 못한 숙제처럼 머리에 거미줄이 뒤엉킨 듯 풀
리지 않는다.

3

만복은 지난 기억을 떠올리며 소주를 입에 털어 넣었다.
그의 눈에 물기가 감돌며 어머니의 가묘가 떠올랐다. 포장
마차가 들썩이며 바람 한 뭉텅이가 일렁였다.

—만복아! 세상에 혼자 남는다고 너무 두려워하지 마라.
그냥 참하게 살아. 죄짓지 말고, 남들이 싫어하는 궂은일을
하면 밥은 굶지 않을 거야.—

어머니의 간곡한 목소리에 만복은 용기를 얻었다. 어

머니는 안 먹고 안 입고 벌벌 떨며 아꼈던 쌈짓돈하고 통장을 만복의 손에 쥐여주었다. 그 돈으로 만복이 어렵잖게 고등학교를 졸업할 수 있었다. 졸업 후 그는 시립도서관 접수창구 지킴이를 했다. 틈나는 대로 책 속에서 만나는 갖가지 생을 상상해보는 즐거움으로 견디어냈다. 어머니의 유언대로 남들이 기피 하는 궂은일을 하면서 낡은 연립주택이나마 마련했고 밥은 굶지 않게 되었지만 자칫하면 도둑 누명까지 쓰게 될지도 모른다. 시름에 잠겨있는데 어디서 많이 본 듯한 여자가 발랄한 걸음걸이로 포장마차로 들어선다. 은자다.

"어마나, 만복 씨! 여기서 뭐해요? 혼자 술 마셔? 얼굴이 해쓱한 게 피곤해 보이네. 내가 술 한 잔 살게. 그나저나 장가부터 가야지. 맨날 죽은 사람만 만나고 다니니 쯧쯧!"

마음이 우울할 때 은자가 나타나 준 건 나쁘지 않았지만 잠시도 입을 가만두지 않는 경박한 수다가 귀에 거슬렸다. 군 시절 그는 휴가 중에 부대 근처 식품점에서 만난 소국 같이 수수한 여자랑 잠시 사귀었지만, 난생처음 그녀한테 섹스를 원했다가 거절당한 이후로 그의 성은 사십이 코앞인데도 아직 잠들어있었다.

"아이, 만복 씨, 인상 좀 펴!"

은자가 갑자기 그의 왼쪽 뺨에 기습적으로 뽀뽀했다. 뺨에 닿았던 그녀 입술의 찰진 감촉이 귓불을 지나 살 속 깊이 파고들었다. 아주 잠깐 바지 아래 춤이 제멋대로 벌떡거렸다. 만복의 눈이 화들짝 열리고, 가슴은 마구 뛰었다. 은자가 그에게 관심을 보이는 게 싫지는 않으면서도 왠지 부담스러웠다.

맨날 죽은 사람 얼굴 보면 식욕 떨어지지 않아? 왜 하고많은 일 중에서 죽은 사람 뒤치다꺼리냐고? 그러니 몸에서 구질구질한 냄새나 나지. 은자가 불거진 입술로 투덜거린다. 작업을 끝내고 회사로 돌아오면 샤워부터 하고 스킨향수를 뿌리는데도 냄새가 나나 싶어 만복은 얼굴을 붉히며 머리를 긁적였다.

—군에서 제대하고 마땅한 직장도 구하기 힘들어서 시체 닦기 알바를 한 적이 있었어요. 죽음과의 만남은 솔직히 기분 좋은 건 아니었지만 죽은 자가 살아있었을 때의 환한 표정을 상상하면서 견디어냈죠. 낯선 주검에 푸른 옷소매를 입히고 빨간 모자를 씌우면서 구토가 나는 걸 간신히 참았습니다. 차츰 굳어진 고무찰흙 같은 주검에 말을 걸면서 생과 사의 경계가 무너지는 걸 느꼈죠. 태어나는 것보다 죽는 게 훨씬 힘들다는 것도.—

"만복 씨 이제 보니 엄청 철학적이네. 생각이 깊은 건 존경할 만하다만. 끄윽! 나한테도 생각이라는 게 있는데 말이지. 총각이 보기에는 내가 좀 형편없는 여자 같아?"

은자의 눈초리는 매섭게 찢어져 있었지만 뭔가 갈망하고 있는 눈빛이었다. 주거니 받거니 그녀와 소주잔을 나누다 보니 어느새 새벽 한 시가 다 돼간다.

둘은 포장마차를 나와 영화연립을 향하여 나란히 걸었다. 은자가 비틀거렸다. 만복도 취했지만, 은자를 부축해서 3층, 계단을 오르는데 은자의 몸에서 사과꽃 향이 묻어나왔다. 현관문 앞까지 은자를 보호하고 막 돌아서려는데 은자가 그만 정신을 놓고 바닥에 쓰러졌다. 난감했다. 그가 은자의 몸을 흔들며 현관문 비밀번호를 물었다. 몇 번인가 채근하고 나서야 은자가 눈을 빠끔히 뜨더니, 만복 씨! 메리 크리스마스! 메리 크리스마스! 끄윽! 하면서 토할 듯 몸을 뒤틀었다.

"한여름에 무슨 크리스마스? 정신 좀 차리고 비번을 말하라니까."

"바보 명청이. 그러니 여태 장가도 못 갔지. 12 25 메리 크리스마스 몰라?"

만복이 은자네 현관 비밀번호를 누르자 문이 열렸다. 그는 은자를 거실 소파에 눕혔다. 은자의 아들은 제 방에서 자고 있는지 조용했다. 물 좀 줘, 물! 은자는 몸을 뒤채면서 손을 허공에 내저었다. 만복은 주방으로 가서 냉장고 문을 열고 생수 한 병을 꺼내 그녀에게 내밀려다가 소스라치게 놀란다. 너무 놀라서 생수병을 그만 바닥에 떨어뜨리고 말았다. 은자가 입고 있었던 검은 블라우스와 브래지어가 바닥에 널브러져 있었다. 은자가 오색 꽃무늬 치마를 마저 벗어 내리려던 찰나에 만복은 소리쳤다.

"뭐 하는 겁니까 지금."

버럭 소리를 내질렀지만, 가슴은 쉴새 없이 뛴다. 누워 있어도 그녀의 가슴이 꽃동산처럼 솟아올랐다.

"답답해 죽겠어. 몸이 뜨거워! 열이 나서 미치겠어! 물 좀 줘."

그는 생수병 뚜껑을 열고 은자의 입에 생수병을 물렸다. 목구멍을 타고 물 넘어가는 소리가 들려왔다. 아침 신문 밑단 오늘의 운세에 '여자를 조심하라, 악운이 구름처럼 몰려온다.'라더니. 찝찝한 생각이 들어 서둘러 나가려는데 은자가 다시 그를 불러 세웠다.

"만복 씨! 내 부탁 하나만 들어줘! 끄윽! 저기 책상 위에 스마트 폰으로 내 누드 사진 좀 찍어서 블루문 카페, 해우소 게시판에 올려줘! 미친놈들이 나랑 자고 싶어 환장들한단 말이야! 내 아디는 러브 다솜 비번은 1225, 끄윽!"

만복은 은자네 현관문을 박차고 나왔다. 자신의 방으로 돌아온 그는 곧장 샤워실로 들어선다. 두 다리 사이로 역동적인 붉은 피가 돌았다. 그의 심벌이 솟구친다. 서른아홉이라는 젊지도 늙지도 않은 나이, 여자의 몸을 탐해본 지가 언제인지 기억도 나지 않는다. 은자, 그녀는 무슨 식자재마트에서 파트타임으로 일한다고 했는데 도대체 무슨 이유로 저렇게 망가졌는지 모르겠다. 아직도 남편을 잊지 못하고 있는 건가? 궁금증이 일었지만, 다시 은자의 방으로 갔다간 올가미가 씌워질 게 불을 보듯 뻔했다.

만복은 생수 한 병 마신 후, 컴퓨터 앞에 앉았다. 다음 날 출근해서 정리해야 할 일들을 메모한다. 암사동 산업폐수처리장 중년 남자 사망 사건에 관한 문건을 작성해놓고 침대에 누우려다가 자신도 모르게 블루문 카페에 로그인했다.

─야! 이 야비한 놈들아! 춤은 자연의 풀밭에서 뒹구는 아담과 이브의 사랑, 옷 입고하는 사랑, 그 자체야! 너도 춤추면서 왜 춤추는 여자를 비하하고 지랄이야! 이런 놈들 때문에 춤추는 여자들 도매금으로 욕먹는다.─

만복은 은자의 글을 읽으며 한쪽 발을 늪에 빠뜨린 듯 언짢고 불안했다. 그냥 해우소 게시판을 나올까 하다가 지난 게시판을 쭉 훑어 내리던 중, 러브다솜이라는 익명이 눈에 띄자 다시 글을 읽어 내렸다.

─오늘은 여섯 살, 내 아들 생일이다. 식탁 앞에 케이크 하나 놓고 촛불 켜고 아들과 생일 축하 노래를 불렀다. 아들도 나도 겨울에 태어났다. 겨울에 태어난 아름다운 내 아들, 눈처럼 하얀 나만의 당신, 아들이 물었다. 우리는 왜 아빠하고 같이 안 사느냐고. 내가 사랑받지 못해서라고, 내 탓이라고 말하는데 눈물이 났다.

해우소 게시판에 올린 러브 다솜의 두 개의 글은 마치 다른 사람의 글처럼 상반된 느낌이다. 글 내용으로 봐서 은자는 조울증을 앓고 있는 여자임에 틀림이 없었다. 틈만 나면 만복의 신경을 건드리고 자극하는 은자, 그녀는 사랑받고 자란 여자가 아니라는 걸 겨울나무처럼 드러내고 있었다.

4

밤잠을 설친 만복은 다음 날 지각을 했다. 처음 있는 일이다. 머리가 쪼개지는 것처럼 아팠다. 새벽녘 은자와 얽힌 관계로 일이 괜히 꼬일 거 같은 예감이 들었다. 골치가 점점 지끈거려 만복은 책상 서랍에서 아스피린 두 알을 꺼내 삼켰다. 삼지창을 든 괴물들이 머릿속을 뛰어다닌다. 두통이 가라앉기를 기다리며 눈을 감았다.

오전 업무를 끝낸 만복은 햄버거에 음료수를 챙겨 든 채 차에 올랐다. Y시 M동으로 차를 몰아 봉천동 할머니의 손자인 명국을 찾아 나섰다. 동네 부동산, 직업소개소, 일일 노동자 합숙소, 지하철역 광장, 노동자들과 부동산 업자들이 많이 모인다는 늘봄다방 등등 찾아다녔지만 헛수고였다. 할머니가 숨겨두었다는 돈더미는 어디론가 사라졌지만, 다른 건 몰라도 할머니가 남긴 시골 밭문서와 사진이 담긴 액자를 꼭 주인을 찾아 전해주고 싶었다.

그날 해 질 무렵 파김치가 되어 근처 지하 갈매기식당으로 들어가 자리를 잡고 앉아 메뉴판을 집어든 순간, 짧은 머리에 날카로운 인상의 낯선 사내가 식당으로 들어서더니 다짜고짜로 인상을 쓰며 만복 앞에 앉았다. 피로감에 절어 있던 만복은 안경을 들어 올리고 핏발이 선 건조한 눈망울을 비비던 참이었다. 눈 속이 쓰라렸다.

"Z 유품 정리업자 맞죠? 다 알고 왔으니 오리발 내밀 생각은 맙시다. 형씨! 봉천동, 집주인 안 목수랑 무슨 꿍꿍이요? 노파 유품 정리할 때 장판 밑은 일부러 보지 않은 겁니까?"

만복은 어처구니가 없어 할 말을 잃었다. 아무리 이 세상에 홀로 내던져져 고아나 다름없이 살고 있지만 남의 것을 탐내본 적이 없었다.

"얼마나 뚱 친 거냐고. 당신 얼굴 보아하니 기름이 돌지 않는 게 사는 게 꽤나 팍팍해 보이는데 말이야. 안 목수하고 짜고 얼마나 해 먹었는지 솔직하게 말한다면 내가 눈 감아 줄 수도 있으니까. 먹은 거 토해놓기만 하면 말이야. 안 목수 소재도 이미 파악하고 있으니 잡는 건 시간문제라고."

"함부로 추리하지 마십쇼. 나는 내가 한 일에 대해 부끄러움이 없단 말입니다."

사내는 열받았는지 핏발이 선 눈으로 일어서며 만복의 멱살을 움켜잡았다. 인내의 한계에 도달한 만복은 발로 사내의 정강이를 걷어찼다. 사내가 무릎을 구부리며 만복의 멱살 잡은 손을 놓쳤다. 동시에 만복의 펀치가 사내의 얼굴을 강타했다. 이어서 한 바퀴 돌려차기로 그의 복부를 걷어차자 사내는 이내 고꾸라졌다. 사이렌이 울리고 경찰차가 나타났다. 둘 다 동네 파출소로 끌려가 조서를 받던 중 사내는 가짜 경찰신분증으로 사기를 치던 수배자로 판명이 돼 교도소에 수감되었다.

어처구니가 없었다. 만복은 사내와 충돌하게 된 내막을 차분히 설명했지만, 경찰 관계자들은 믿으려 하지 않았다. 증인이 될 만한 사람을 데려오기 전에 방면할 수 없다고 이마에 세로 주름을 접었다. 그때 마침 은자의 전화가 걸려왔다. 예기치 못한 일이다.

은자는 그날 마트에 잔업이 많아 재고정리를 하는 날이었다. 방과 후 시간 늦게까지 어린이집에 있는 아들이 걱정돼서 아들 저녁밥 좀 챙겨주라고, 그리고 그녀가 퇴근할 때까지 보호하고 있어 달라고. 만복한테 부탁할 참이었다.

"그래서? 엉뚱하게 도둑으로 몰렸단 말이야? 세상에! 법 없이도 살 만복 씨한테 도둑이라니! 기가 막혀라. 가만있어 봐요. 나한테도 생각이 있으니 일단 전화 끊어봐."

시야가 침침해진다. 얼마쯤 시간이 지났을까, 안개가 너울거리는 사이로 은자가 목수 안 씨와 팔짱을 끼고 취조실로 들어가는 모습이 언뜻 눈에 잡혔다. 뭐지? 둘의 관계가 의아했지만 인간 관계의 내막에는 수없이 많은 정황 들이 존재하니까. 복잡한 생각을 털어내며 만복이 충혈된 눈에 점안액을 넣고 있는데 취조하던 형사가 만복에게 혐의가 풀렸으니 그만 가 봐도 좋다고 했다. 목수 안 씨의 자백이 있었다고 했다. 형씨의 직업이 참 거시기해서 참 거시기한 일들이 많을 거라며 너스레를 떨던 취조 형사는 오늘 운이 좋은 줄 알라고 선심 쓰듯 만복의 등을 밀어냈다.

만복은 하얀 데이지꽃들이 울타리 지어 피어있는 어린 이집 앞에 서 있었다. 여섯 살짜리 은자의 아들을 픽업하려 서 있으니 만복의 나이 여섯 살에 월북했다는 아버지가 새삼 그리워진다. 점퍼 주머니에서 담배를 꺼내려는데 은자의 아들이 쪼르르 달려와 만복의 품에 안긴다. 은자를 닮았는지 붙임성이 있고 좀 뻔뻔한가 싶어 피식 웃음이 났다. 녀석을 데리고 식당에 들러 김밥 한 줄에 고기만두를 시켜주고, 만복은 낙지볶음 밥을 먹었다. 매콤한 낙지가 위장을 자극했지만, 도둑 누명으로 구토가 나려던 가슴을 진정시키는 듯했다.

"아저씨는 우리 엄마 좋아해?"

뜬금없이 아이가 묻는다.

"응 좋아해!"

그렇게 대답해야만 아이가 상처를 입지 않을 거 같아서다.

"우리 엄마가 아저씨 좋은 사람이라고 말했어. 아빠 다음으로 말이야. 아저씨는 왜 결혼 안 하고 혼자 살아?"

"응, 그건 말이야, 결혼이란 할 수도 있고 안 할 수도 있는 거야."

"아저씨, 결혼할 거면 우리 엄마랑 하면 좋겠다."

하품이 나왔다. 만복은 은자의 아들을 데리고 동네 놀이터로 갔다. 그네를 밀어주고 시소도 같이 탔다. 철봉에 매달리며 마주 보고 웃기도 했다.

외로움과 그리움이 서로 위무하며 놀이터 주위를 노을처럼 물들이고 있었다.

다음날도 신 차장은 눈살을 찌푸리며 만복을 향해 불만을 내질렀다. 사장님 출장에서 돌아오면 난리 날 텐데 말이야. 김 대리도 너무 고지식하게 일하지 말고 좀 합리적으로 살면 안 되겠나? 지난번에도 말했지만 다 먹고살자고 하는 짓인데 말이야. 왜 그리 꽉 막힌 거야. 가족을 찾아줘

기이한 예감 57

서 오히려 불화를 만든 일도 있었잖은가. 임자 없는 유산은 국고에 들어가면 바람직 한 것이고.

자신의 구두코만 바라보며 말없이 고개 숙이고 있던 만복은 이마 위에 굵은 주름을 접었다. 영혼의 주름살이 잡힌 듯 그의 얼굴은 잔뜩 일그러졌다. 그날 밤, 늦게 돌아오는데 동네 놀이터 그네에 은자가 혼자 앉아 있었다. 무슨 노랜가를 흥얼거리고 있었는데 이상스레 애상적인 느낌을 자아냈다.

"여기서 뭐 합니까?"

"그냥 별님하고 이야기하고 있어. 나도 머지않아 밤하늘의 별이 될 텐데 나랑 어울리는 별이 어느 별일까 하고 말이야."

은자의 말은 또 만복을 자극한다. 은자의 얼굴은 여느 때와 달리 노랗게 창백하고 사뭇 진지해서 낯설어 보였다. 만복은 한숨 끝에 먼 밤하늘을 올려다본다. 별이 총총 떠있었다. 갑자기 어느 별, 하나가 은가루로 포물선을 그은 듯 떨어져 내렸다.

"별똥별이 떨어질 때 소원을 빌면 언젠가는 이루어진다고 합니다."

만복이 던진 말에 의중을 헤아린 듯 은자는 눈으로 웃고 있었지만, 왠지 슬픔이 묻어났다.

"아 정말? 별똥별이 떨어질 때 소원을 빌면 이루어진 대?"

이상스레 젖은 눈으로 그를 쳐다보던 은자는 고개를 푹 숙이고 모랫바닥을 응시한 채 여전히 콧노래를 흥얼거렸다.

"그런데 만복 씨! 내 아들 못 봤어요? 집에 없어서 여기서 기다리는 중이야."

은자는 창백한 낯으로 이상하게 기운이 없다고 집까지 업어달라고 어린애처럼 보챘다. 그가 은자를 업고 영화연립을 올라 그녀의 방 안에 부려놓자 은자의 아들이 와락 그녀한테 안겼다. 만복은 서로 얼굴을 맞대고 비비며 방안을 뒹구는 그들 모자를 한동안 응시하고 있었다. 지랄맞게 쓸쓸한 밤이다. 그러면서도 따뜻한 느낌이 그의 가슴으로 스며들었다.

5

늦여름의 습한 바람이 낡은 윗도리에 내려앉았다. 만복은 퇴근길에 무작정 걸으면서 사표를 내야 할지 고심하고 있었다. 허름한 싱글 식당으로 들어간 만복은 잔치국수에 주먹밥 하나 시켜놓고 생각에 잠긴다. 무슨 일이든 할 일이 있다는 건 존재가치를 높이는 일이다. 자신을 필요로 하는 회사와 인연을 맺고 십오 년을 자존감으로 일해 왔는데 어이없는 일을 당하고 보니 허탈하기 짝이 없었다.

　—지금껏 산 경험을 쌓았으니 이제 만복이 네가 주인이 되면 될 것이야. 돈 주고도 못 사는 경험을 돈 받아 가며 일했으면 회사를 원망하지 말며 사람을 미워하지 말며 측은지심으로 살아라. 인생은 사랑 없이 못 사는 법이니라.—

　어디서 들려오는 소리지? 따뜻한 위안을 느끼며 만복은 소주잔을 입에 털어 넣었다. 모든 것은 지나간다. 솔로몬의 반지에 새겨 있다는 그 말처럼 우울했던 사건은 시나브로 지나갔다. 만복이 여러 경우의 죽음과 만나면서 생기는 마음의 얼룩은 이제 편안한 옷처럼 걸치게 되었지만, 밤마다 옆구리가 시려 소파용 긴 베개를 안고 잠들었다. 꿈에 약초꾸러미를 끌어안고 눈물을 떨구던 단아한 모습의 순임을 본 이후 그에게도 가족에 대한 욕구가 고개를 내밀었다.

　모처럼 일에서 벗어나 혼자만의 시간을 갖고 자유 로를 달려보고 싶어 만복은 차에 시동을 걸었다. 오래도록 긴장된 몸과 마음에 이완이 필요한 시점이었다. 순임한테 연락을 해볼까 망설이고 있는데 마침 영화연립을 나서던 은자가 날름 차 문을 열고 조수석에 올라탔다. 만복은 왠지 불편한 마음이었지만 그녀를 태우고 무표정한 얼굴로 탄탄대로를 달렸다.

"만복 씨! 만복 씨는 무슨 재미로 살아? 춤 한 번 배워보지 않을래? 내가 춤 파트너 해줄게, 응?"

차가 신호등에 걸린 사이 은자가 뜬금없이 물었다. 은자의 머리 스타일이 달라졌다. 무슨 조짐이지? 얼마 전만 해도 노랗게 떠 있었던 은자의 건조한 얼굴이 마술을 부린 듯 해맑게 변해 있었다. 만복은 불끈거리는 가슴을 누르고 은자가 춤추는 장면을 상상해본다. 짧게 커트한 머리에 매끄러운 피부는 사십 대 여자라 해도 블론드 인형처럼 발랄하다. 젊지도 늙지도 않은 은자가 성냥갑 하나, 몸에 감추고 낯선 남자의 품에 안겨 돌아가는 장면이 언뜻 스친다.

"난 춤 같은 거 못 춥니다. 생리에도 안 맞고."

만복의 심드렁한 대꾸에 은자는 싱긋 웃더니 얼굴을 돌려 그의 뺨에 뽀뽀하고 시침 뚝 뗀 얼굴로 차창 밖을 내다본다. 그날 밤 어이없게도 만복은 은자와 나이트클럽에서 춤도 추고 근처 찜질방에서 나란히 누워 밤을 보냈다. 은자가 그의 허리를 팔로 감으려 하면 돌아눕고, 감으려 하면 돌아눕고를 반복하다 그들은 새벽녘에야 잠이 들었다.

다음 날, 정오쯤 집으로 돌아오던 중 K시 달빛마을 초입에서 은자가 차를 세워달라고 했다. 은자가 차에서 내리면서 발을 삐끗한 듯했다. 괜찮아요? 몇 발자국 떼어놓던 그녀가 괜찮다며 활짝 웃던 모습이 눈앞에 아련하다. 그녀를 혼자 보내는 게 아니었다는 자책이 내내 따라다녔다. 오랜만에 예쁜 드레스 하나 사고 싶다고, 다음 달 비번 주말에 댄스파티가 열린다며 그를 초대하고 싶다고 했었다. 만복 씨가 멋지게 차려입고 나타나면 생애 최고의 날이 될 거라고 사뭇 들떠있던 은자에게 왠지 심드렁한 표정으로 은자를 내려주고 별말 없이 회사로 차를 몰았다. 인연이 어긋나는 시간을 어쩌라고. 괜한 자책이려니, 스스로 자신을 위로했다.

푸른색 드레스를 사고 한껏 들떠 있던 은자는 정말 아이와 더불어 그와 함께 한 지붕 밑에 사는 상상을 했던 것일까. 마음이 들떠 있어 그랬을까? 그녀는 버스 정류소로 내려오는, 언덕이 진 비탈길을 굽 높은 구두를 신고 팔랑거리다 언덕에서 굴러 정신을 잃고 말았다고 했다. 행인의 눈에 띄어 은자가 달빛마을 병원 응급실로 간 건 천만다행이었지만 정신을 차리고 난 후, 뇌 조직 검사도 받아야 하고 일주일은 입원 치료해야 한다는 의사의 만류를 뿌리치고 아들이 보고 싶다며 파리한 낯으로 퇴원해 버렸다니.

바로 다음 날이었다.

안 좋은 일들은 나란히 손을 잡고 온다더니. 한창 바쁜 중에 은자의 아들로부터 전화가 걸려왔다. 아이는 엄마가 또 쓰러져 구급차에 실려 중환자실로 갔다고 울며 말까지 더듬거렸다. 그가 숨 돌릴 새도 없이 병원 중환자실로 달려갔을 때 은자는 몽롱한 눈빛으로 말했다.

"죽는 것도 나쁘지만은 않을 거야. 새로운 시작이 열릴 거잖아. 만복 씨! 내 아들 부탁해요. 당신의 씨는 아니지만 먼 훗날 고아를 거두어준 기쁨 있지 않을까? 죽어도 만복 씨를 잊지 않을 거야."

구름 속을 산책하는 듯 은자의 애틋한 유언이 만복의 심장을 파고들었다.

은자의 장례를 치르고 만복은 엄마를 잃은 슬픔에 말을 잃어버린 아이의 방에서 하룻밤을 지냈다. 아이의 방 벽에는 오선지 셋째 칸에 눈동자가 그려져 있었다. 저건 누가 그린 거야? 아이가 엄지로 자기 가슴을 가리켰다. 눈동자는 또 뭐야? 그가 물었을 때 엄마가 나를 보고 있다고 생각하면 기분이 좋아진다면서 아이는 은자가 그랬던 것처럼 그의 허리를 감았다.

오늘은 아이의 보호자가 되어 어린이집에 아이를 데리러 간다. 집에서 나오기 전 시장에서 산, 사태로 곰탕을 만들어놓고 오징어볶음도 해놓고 아이를 마중하는 발걸음이 가볍다. 저만치 어린이집 놀이터에서 공이 굴러오고 있었다. 해바라기처럼 웃는 아이의 환한 얼굴이 공을 뒤쫓아 오고 있었다. 그렇게 사랑하던 아들을 두고 은자는 어떻게 숨을 거두었을까? 조울증이 깊어진 것일까? 모르긴 해도 뇌에 악성 종양이 의심된다던 의사의 말도 귓가에 맴돌았다.

만복은 허전한 마음에 블루문 카페에 로그인하고 자신도 모르게 은자의 개인 프로필을 들여다본다. 오늘이 생애 최고의 날이다, 라고 쓰여 있었다. 오늘이 사라져버린 은자. 영혼의 주름살 하나, 둘 지우고 싶다던, 그녀의 생태 메시지가 낯설고도 긴 여운을 남긴다. 코끝이 시큰해진다. 은자한테 더 가까이 다가가지 못한 게 후회스럽다. 파란 하늘 높이 구름 한 조각이 보랏빛 테를 두르고 흘러간다.

아저씨! 받아요. 아이가 공을 걷어차며 만복을 향해 소리친다. 환하게 웃는 아이를 보자 만복의 마음이 짠해졌다.

이 아이를 어쩐다? 은자가 떨어트리고 간 인연의 고리라는 생각이 들었다, 내게도 이제야 식구가 생기는 건가? 이 세상에 자신을 필요로 하는 아이가 있다는 게 괜히 신명이 난다.

그래! 내일의 희망은 접어두고 그냥 오늘을 마음껏 살자.

만복은 발 앞으로 굴러오는 공을 힘껏 내지르고 달려가 은자의 아들을 번쩍 들어 올렸다.

낯익은, 목소리

1

아담하고 아늑한 새 보금자리로 이사한 지 보름이 지났다.

거실 창가 쪽, 녹 보수 초록 이파리들이 나를 향해 살랑 살랑 몸을 흔들어댄다. 윤기가 잘잘 흐르는 나뭇잎을 바라 보고만 있어도 가슴이 설렌다. 커튼 사이로 스며든 햇살 한 움큼에 눌러앉아 나른한 달콤함에 젖어있을 때 요란한 전화벨 소리가 울렸다.

"큰일 났어요. 재희가 병원 외래근무 중에 정신을 잃고 쓰러졌대요. 응급실로 실려 갔다는데 아직 깨어나지 못한 대요."

아들로부터 걸려 온 전화였다. 수화기를 내려놓고 나는 한동안 멍하니 앉아있었다. 도대체 무슨 일이 벌어진 건지

실감이 나지 않았다. 현기증에 구토를 동반한 혼절이라면 혹시 뇌종양? 언뜻 그런 생각이 들었다. 망치로 뒤통수를 맞은 듯 아찔했다. 예쁘고 총명한 얼굴에 항상 웃는 얼굴로 야무지게 가정을 이끌어가는 재희를 성격이 밝고 건강한 며느리라고 굳게 믿고 있었다. 아들이 실직한 이후 한동안도 재희의 카톡 프로필에는 언제나 희망적이고 사랑스러운 문구가 쓰여 있었다. '주는 나의 목자시니 내게 부족함이 없으리로다.'라고.

녹색 보물이 열린다는 행운 목에서 시선을 떼고 서쪽 벽을 향해 가부좌를 틀고 앉았다. 들숨을 배꼽 아래 단전에 모았다가 천천히 내쉬기를 열 번쯤 반복했다. 마음이 조금 가라앉는 듯했지만, 무엇부터 해야 할지 감이 잡히지 않았다. 단전호흡을 끝낸 나는 일어나 팔짱을 양 겨드랑이에 낀 채 거실을 맴돌았다.

"당장 내일 애들 학교 가야 하는데, 살림은 누가 하고 애들 학원도 보내야 하고. 엄마가 좀 도와주세요."

침울한 목소리로 구원을 청하던 아들의 목소리가 귓가에 달라붙는다. 워낙 과묵하고 말없이 자기 할 일만 묵묵히 하던 아들이었다. 실직을 겪고 공백기를 거치는 동안 기가 약해진 듯했다. 재희의 눈치를 보던 아들은 마지못해

들어간 새 직장에 적응하느라 이마에는 때 이른 주름이 생겨났다.

남편은 오늘따라 외출하고 없었다. 작년에 대기업 식품 회사를 전무로 명예퇴직하고 한동안 과거에 매달려 우울한 나날을 보내던 그는 새집으로 이사 온 후 온 신경을 새집 관리에 집착했다. 때로 아파트 뒷동산에 올라 알밤을 긁어모으며 소일하더니 요즈음은 집안에 들어앉아 잔소리만 늘었고 돈에 대해서도 너무 각박하게 굴었다. 남자가 나이가 들면 미래에 대한 불안심리가 있어 자린고비가 된다더니. 일없이 노는 것을 지옥이라고 여기는 남편이었다.

우선 남편한테 알리는 게 순서였지만 망설여졌다. 며느리 소식을 들으면 남편은 잠을 못 이룰 게 뻔했다. 또 수면제 복용을 늘려야 할지도 모른다. 남편이 오랫동안 애용했던 수면제, 생각만 해도 지겹다. 우리나라 인구의 4분의 일이 불면증에 시달린다는 통계를 신문에서 언뜻 본듯했다. 그만큼 살아간다는 일이 각박해졌다는 뜻이겠지.

약에 의존하지 말아요. 잠이 안 오면 영화를 보든지 책을 읽든지 운동하든지 하면 될걸. 왜 살아있는 신경을 잠재우는지 딱한 생각이 들었다.

'당신 같은 백조가 가장의 큰 뜻을 어찌 헤아리겠나. 나도 매일 전쟁터로 나가지 않아도 된다면 수면제 따위 안 먹어도 되지.' 남편의 말이 떠오르자 다시 심란해졌지만, 어차피 알아야 할 일이다.

여보. 놀라지 말아요. 재희가 병원에서 쓰러졌대. 지금 응급실에 있다는데 아무래도 입원해야 할 거 같다네. 아들네 집으로 가요. 된장국은 끓여놓았으니 굴비 한 마리, 구워 저녁 먹어요. 메모를 써서 식탁 위에 놓고 냉장고에서 떡국떡과 감자, 양파, 당근, 카레를 비닐봉지에 담았다. 냉동실에서 굴비도 세 마리 꺼내 담았다.

반찬거리와 간단한 옷가지만 챙겨 들고 아들네 집으로 걸어가는데 가슴이 조여드는 듯했다. 별일이 아닐 거야. 간호사라는 직업이 원래 고된 직업이니까 과로로 쓰러진 거겠지. 스스로 최면을 걸었다.

축산물직거래장에서 양지 두 근을 샀다. 새 보금자리에서 아들네 집까지는 걸어서 30분 남짓 걸렸다. 아들로부터 받은 카톡에 적혀진 동 암호와 현관문 비밀번호를 누르고 안으로 들어섰다. 순간 나는 잘못 들어온 집인가 어리둥절해졌다. 현관 바닥에는 슬리퍼, 운동화, 신발주머니, 구두 등이 산만하게 널브러져 있고, 거실의 매트는 그대로 깔려 있었다. 주방으로 시선을 던지자 마치 이사 가기 전날 풍경을 보듯 식탁 위나 장식장에도 온갖 생필품과 약병들 주방용품들이 어지러이 널려있었다.

무엇부터 치워야 할지 감이 잡히지 않았다. 야무지고 깔끔하기로 지나쳐 결벽증 증세까지 보이던 재희가 아무리 맞벌이한다고 해서 이렇게 난장판을 만들 수는 없었다. 병은 병이로구나. 가방을 거실 소파에 던져두고 음식 재료들을 싱크대 선반에 올려놓자 한숨이 절로 나왔다.

학교에서 돌아온 손자는 가방을 내던지고 방과 후 공부방에 갈 시간이라고 방방 뛰었다. 점심으로 나온 급식이 맛이 없어 못 먹었다며 배고프다고 난리다. 기름 뺀 베이컨과 토마토와 달걀부침을 넣고 토스트를 만들어 건넸더니 한 입 깨물고는 너무 맛있다고 손에 든 채로 현관문을 뛰쳐나갔다. 손자는 아직 엄마 소식을 못 들은 모양이었다.

해 질 무렵 돌아온 중학 1년생인 손녀도 피아노학원 가야 한다며 허둥대며 제 방문을 열어젖혔다. 깔끔하게 정리된 산뜻한 분위기에 얼굴이 환하게 펴지는가 했더니 이내 이맛살을 찌푸린다.

"할머니! 내 방에 있는 물건 하나라도 버린 건 없죠?"

전혀 필요 없을 거 같은, 쓰레기에 가까운 것들은 좀 추려냈지만, 손녀의 서슬에 나는 시침을 뚝 뗀다. 참, 영경이 이번 가을 학기에 클래식 피아노 콩쿠르 대회 나간다며? 나는 손녀의 등허리를 어루만졌다. 내일 오후 영훈이 학부모 참관수업에 할머니가 가주세요. 아빠한테 전화 왔는데 엄마가 아파서 입원할지도 모른대요. 현관문을 나서며 뒤돌아보는 손녀의 눈이 낯설게 반짝였다.

재희의 입원 절차를 마치고 밤늦게 돌아온 아들은 밥 생각이 없다고 두유 한잔 마시고는 담배를 들고 밖으로 나간다. 아들의 뒷모습이 서럽다. 콧등이 시큰했지만, 이면에 참고 있던 화가 고개를 내밀었다.

밤바람에 담배 냄새를 잔뜩 묻히고 들어온 아들한테 나는 목구멍에 걸려있던 말을 쏟아내고 말았다.

"어쩌다가 이 지경까지 온 거야? 대박, 대박 하지만 그거 말짱 도루묵이야. 진작 직장을 찾아 들어갈 거지 반년이라는 시간 낭비하고 집까지 날리다니. 그새 무슨 사고라도 친 거야?"

거실 전기 매트에 몸을 눕힌 아들은 어미의 말을 들었는지 말았는지 삶의 의욕을 잃은 듯한 표정으로 천정을 바라보고 있었다.

공부방에서 돌아온 손자는 엄마가 입원했다는 말을 듣

고는 시무룩한 표정으로 제 방으로 들어간다. 방 안에서 스피드 컵 쌓기를 하는지 자갈 굴러가는 소리가 났다. 시끄러웠지만 게임에 미치는 것보다는 나은 거 같아 나는 신경 쓰지 않고 손녀가 자는 안방으로 들어섰다.

잠자리가 바뀐 탓일까? 도무지 잠이 올 거 같지 않다. 엎치락뒤치락하던 나는 최면을 걸기로 한다. 잠이 오지 않을 것을 염려할 게 아니라 잠이 안 오는 시간을 즐기면 될 거야.

나는 귀에 리시버를 꽂고 스마트폰 동영상 강좌를 들었다. 인생은 숙제가 아니라 축제라고 유머 강사는 마구 떠들어대고 있었다. 내게는 풀리지 않는 수수께끼가, 풀어야 할 숙제가 산더미같이 많은데. 유머 강사는 속과 겉이 다른 거짓말쟁이일지도 몰라. 정작 유머 강사한테도 골치 아픈 생의 숙제 거리가 있을 텐데. 그의 숙제가 무엇일까 궁금해진다.

도대체 왜 이런 일이 생긴 걸까? 누구한테나 다 생의 굴곡은 있는 법이지만 하필이면 기발하고 멋진 시나리오를 계획하고 있는 마당에 말이야. 인생이 계획표대로 되는 건 아니잖아. 목표를 세운다는 게 무슨 큰 의미가 있느냐고? 그냥 펼쳐지는 대로 살면 그만이지. 애써 자신한테 위로를 보내지만 영화사 사장과 한 약속이 스트레스가 되어 마음이 편치 않았다. 이제 잠을 자는 일은 강 건너 등불이 되었다.

간호사라는 직업이 3D 직종이나 다름없어. 병원 조직체계가 군대식으로 엄격하고 힘겨운 일이 많아 스트레스가 많이 쌓인다는 말을 지인한테서 들은 적이 있다. 혹시 병원 내부에 어떤 알력으로 재희의 뇌에 과부하가 온 것일까? 아니면 혹시 병원 닥터하고 바람이라도 났던 걸까? 설마? 설마가 사람 잡는 거 못 봤어? 머릿속은 뒤엉켜 상상의 알레르기로 극성이었다. 두피에 벌레가 기어가는 듯한 가려움을 참지 못하고 긁으면 딱지가 떨어지고 진물이 났다. 약을 바르면 다시 딱지가 앉고 가려워서 긁어대면 머리카락이 수북수북 빠져나갔다. 가슴이 서늘해진다.

"할머니, 머리 좀 긁지 마세요. 머리카락 떨어져요."

당찬 손녀의 목소리에 화들짝 놀랐다. 넌 여태 안자고 뭐하니? 손녀는 이불을 뒤집어쓴 채 스마트폰을 켜고 아이돌 가수의 신곡을 틀어놓고 가사를 따라 하고 있었다.

―움파, 움파, 움파, 움파, 경고하는데 조심해야 해! 깊을지도 몰라. 내게 묻지 마. 얼마나 깊은지 내게 빠진 네 눈은 못 보니까. 움파, 움파, 움파, 움파, 난 괜찮아 난 괜찮

아.―

　뭐가 괜찮다는 건지 목소리를 죽인 채 혼잣말처럼 노래하고 있었지만, 손녀는 지금 괜찮지 않다고, 엄마도 아빠도 잃어버릴 거 같아 무섭다고, 날 구해줘. 하는 소리처럼 들렸다.

　"그만 자! 스마트폰에서 나오는 블루 라이트, 얼마나 나쁜지 몰라서 그래? 어서 끄고 자. 아침에 못 일어나서 애먹이지 말고. 착하지, 우리 영경이."

　"요것만 끝나면 잘 게 할머니 먼저 자요."

　아이와 신경전을 벌이는 것도 만만치 않았다. 머릿속이 복잡해서 그런지 최면도 잘 걸리지 않는다. 어둠 속에 어렴풋이 천장에 매달린 알전구에서 파란 불꽃이 꺼질 듯 일렁이는 게 보인다. 편안히 잠들기는 틀린 것 같다. 그때 잡념을 털어내라는 듯 남자가 보낸 카톡이 울렸다.

　잘 지내시나? 천국과 지옥을 오가요. 오호~ 지금은 천국이오, 지옥이오? 천국도, 지옥도 아니고 연옥. 그냥 푹 잠자고 싶은 생각뿐. 내 카톡이 반갑지 않은가, 당신은. 싫을 것도 좋을 것도, 노을 진 나이에 뭐. 시들한 내 반응에 잠시 침묵하던 남자는 노을 진 나이에 만났으니 더 행운이지, 했다.

왜요? 한창때 만났으면 가정 파탄 나면 큰일이니까. 푸 하하! 나도 덩달아 바람 빠지는 소리로 웃었다.

요즈음 나는 살맛이 안 난다고 블루 드래곤이라는 닉을 가진 사이버 남자한테 투덜거렸다. 좋은 일보다 안 좋은 일들이 더 많이 일어나는 시간을 살고 있다고 투정 부리듯 말했다.

무슨 일인지 모르지만 힘내시길. 내일은 또 내일의 태양이 뜰 테니까. 쥐 오줌만큼 위로가 되는 말이기는 하다. 남자는 사진작가라고 했다. 그는 내 카톡 대문에 걸려있는, 욕망의 자유와 욕망으로부터의 자유라는 글을 음미하는 중이라고 했다. 욕망으로부터 자유로우면 도인이나 다름 없다고, 남자는 도인은 아니며 환하고 선한 인상의 당신을 좋아하는 보통의 남자라고 했다. 남자는 언젠가 나를 만나게 되면 노을 진 들녘에 서 있는, 정념에 불타는 늙은 소녀를 피사체로 작품 사진을 만들어보고 싶다고 했었다.

손녀는 스마트폰을 손에 쥔 채 잠이 들었다. 살그머니 폰을 빼내 경대 서랍 속에 넣어두고 나는 다시 자율최면을 걸었다. 밤바다가 떠오른다. 파도가 출렁인다. 물굽이 사이로 갈매기 떼가 물비늘 치며 날아오른다. 날아라, 날아라,

마음껏 날아라. 눈꺼풀이 무거워진다. 점점 무거워지더니 잠의 꼬리가 못 이기는 척 눈꺼풀에 내려앉았다.

안개 숲을 걷고 있었다. 섬뜩한 느낌에 뒤돌아본다. 멀리 커다란 코끼리 한 마리가 달려온다. 거리를 가늠할 수는 없다. 분명 거대한 코끼리가 나를 집어삼킬 듯 달려오고 있다. 죽을힘을 다해 뛴다.

잡히면 안 돼. 잡히면 죽어. 숨이 턱에 차오른다. 코끼리가 내뿜는 숨소리에 놀란다. 투박하고 엄청난 코끼리 발바닥의 진동음에 소스라쳐 다시 뒤돌아본 순간 코끼리와 나의 거리가 바짝 좁혀져 있다.

여기서 내 생이 끝나는 건가? 가슴이 바짝 조여든다. 깊은숨을 몰아쉬는 찰나에 귀에 익은 목소리가 들려온다. 위기 상황에 아무것도 할 수 없으면 마음을 내려놓고 아무것도 하지 않는 것도 좋은 방법입니다. 이 상황에 아무것도 하지 않으면 코끼리한테 밟혀 죽을 수밖에 없잖아. 좋긴 뭐가 좋단 말이야. 사기꾼 같으니라고.

코끼리가 말려진 긴 코를 뻗어내 내 목에 감으려는 순간 다급해진 나는 눈앞의 깊은 구덩이 속으로 뛰어들었다. 숲 속 한가운데 구덩이라니. 도대체 여기가 어디쯤일까? 하릴없이 곤두박질친다. 다행스럽게도 흙구덩이 가장자리, 바위틈새에 박혀있는 쥐똥나무 가지에 걸렸다. 구덩이 아래는 깊은 우물처럼 어둡고 침침했다. 두려움이 몰려온다. 두려움을 몰아내라니까 그러네. 모든 고통은 두려움에서 시작하는 거니까.

나는 배꼽 아래 힘을 가두고 긴 숨을 들이마시고 천천히 내쉬기를 반복한다. 이상스레 배가 고프다. 쥐똥나무꽃에 얼굴을 들이대고 꿀을 빨아 먹으려는데 바위틈새 받치고 있던 발이 삐끗하면서 아래로 끝없이 추락하는 순간, 눈이 번쩍 떠졌다. 꿈이었구나.

2

날씨가 부쩍 차가워졌다. 손자, 손녀가 춥다고 안방을 차지한 밤이다.

나는 아들과 나란히 거실, 전기 매트에 요를 깔고 누워 있었다. 온갖 파노라마가 머릿속을 들락거렸다.

"엄마, 잠들었어요?"

아들이 죽은 듯이 눈을 감고 있어 잠든 줄 알았는데 아닌 모양이었다. 재희가 병원에 입원하고부터 아들은 불면

중으로 잠을 이루지 못했다. 8년이나 다닌 대기업에 사표를 내던지고 나온 데는 그만한 이유가 있었겠지만, 가장으로 그렇게 불쑥 사표를 던지면 안 되는 거였다. 국내 경기가 악화되고 외환위기가 오면서 취직이 하늘의 별 따기가 돼 버리자 쫓기는 심정이던 아들은 사십 군데 이력서를 내놓고 기다렸다. 초조하게 기다리던 중에 시에서 운영하는 환경설비업체 관리팀장으로 취직이 되었다. 마음에 드는 직장도 아니었고 보수도 적었지만, 재희의 눈치를 보느라 더 이상 백수로 버티기는 힘들었을 테니까. 새 직장을 잡기까지의 공백기 열 달이 아들의 운명을 뒤바꾸어놓고 말았다.

너도 할 수 있다. 기회를 잡아라. 금수저는 너의 센스에 달렸다. 정보는 토토 신에게 맡겨라. 마약 같은 속삭임에 빠져든 아들은 처음에는 배당금이 적어도 안전한 곳에 베팅했지만, 차츰 간덩이가 비대해졌다. 세 번째 베팅에 10만 원을 투자하여 300만 원을 벌었다. 엔돌핀이 마구 솟구쳤다. 재미를 붙인 아들은 백수 시절, 스마트폰을 코에 박고 살았다. 30만 원을 잃었다가 100만 원을 따기도 했고 점점 큰 액수로 베팅하기 시작했다. 그러다 왕창 천만 원을 잃었다. 잃은 돈이 아까워 다시 베팅길 반복하는 동안 1

억 가까운 아들의 돈지갑이 텅텅 비워졌다. 구닥다리 아파트를 팔고 아늑하고 좋은 새 아파트로 이사 가려고 전세로 살면서 가지고 있던 돈이었다.

그 일로 아들과 재희 사이에 금이 가기 시작한 지 삼 년째다. 그럼에도 불구하고 어떤 고난이 다가와도 주 안에서 평안하리라던 재희의 카톡 생태 메시지는 내 마음에 안개를 드리웠다. 마음은 불편하면서도 내 욕망에 가려져 아들 부부의 고통을 외면하고 싶었는지도 모른다.

"왜 그렇게 잠을 못 자는 거야? 약 안 먹은 거야?"

"먹었어요. 수면제를 먹었는데도 왜 잠이 안 오죠? 정말 미칠 거 같아요."

아들은 이맛살을 찌푸리고 일어나 베개를 끌어안고 안절부절못한다. 자기의 잘못 판단으로 집을 날리고 아내가 마음의 병이 들었다는 생각으로 아들은 스트레스를 심하게 받고 있었다.

재희가 입원한 이후로 불면증에 시달리던 아들은 수면유도제로 부족하여 먹던 수면제에 졸피뎀이 추가되는 처방전을 받아왔다. 부전자전인가. 무슨 이유로 좋은 점은 안 닮고 나쁜 인자만 유전이 되는지 몰랐다.

"수면제를 줄여야 할 판에 졸피뎀이라니. 그거 먹지 마.

먹어도 잠이 안 올 바에야 뭐 하러 먹어? 그냥 잠 안 오면 영화를 보든지. 재미없는 책을 보든지. 그러다가 졸리면 자. 몇 시간만이라도 푹 자면 아무 상관 없어."

그게 말처럼 쉬우면 무슨 걱정일까. 아들은 아들일 뿐 내가 아니니 내 방식대로 살 수는 없는 노릇이다. 일단 잠을 자야 다음날 회사에 나가 일을 할 수 있으니 졸피뎀이라도 의지하는 수밖에 없는 거다. 어떤 노래를 들으면 춤을 출 수밖에 없듯이 마음이 불안해지면 뇌 속에 저장된 정보가 제멋대로 너울거리는 모양이다. 졸피뎀을 계속해서 먹으면 부작용이 생길지도 모른다는 정보는 이미 들어서 아들의 머릿속에 각인돼 있다. 잠이 안 올 수밖에 없는, 새로운 뇌의 작용을 어찌하면 좋을지 숙제는 점점 어려워졌다.

"배꼽 아래 힘을 주고 숨을 깊이 들이마셨다가 천천히 내뿜어봐. 그러다 보면 잠이 올 거야."

나는 아들의 이마에 손바닥을 얹고 머리 쪽으로 쓸어 올리며 아들의 눈꺼풀에 쇠 단추가 매달리기를 간절히 바랐다. 사십이 코앞이라도 어미의 눈엔 누런 콧물 흘리던 어린아이나 다름없었다.

"아무리 힘들어도 살아갈 길은 있기 마련이야. 위기가

기회라는 말도 있잖아. 아무튼 애들 생각해서라도 힘내야
해! 알았어?"

바로 그때 안방에서 누나와 자는 줄 알았던 손자가 방문
을 열어젖히며 후다닥 거실로 튀어나왔다. 그 바람에 간신
히 잠의 꼬리를 붙들고 매달리던 아들이 실눈을 뜨고 몸을
뒤척였다.

"좀 조용히 해라. 영훈아, 뭐 때문에 그러니?"

"폰이 꺼져서 고장이 났나 봐요. 아빠! 내 폰 바꿔 줘. 게
임을 하는데 자꾸만 에러가 생겨. 누나 폰은 좋은 거 사주
고 나는 늘 누나 쓰던 폰만 주니까 그렇지. 아빠 나빠!"

"폰 고장 났으면 그만하라는 뜻이야. 그만 자고 아침에
일찍 일어나야 하잖아. 게임만 하지 말고 책도 좀 읽어. 재
밌는 동화책도 있고 만화 삼국지도 있잖아."

내 말은 들은 척도 안 하고 냉동실을 뒤적이던 손자는
자신이 찾는 조스 바가 없자 와락 짜증을 냈다. 누나! 돼지
처럼 또 내 조스 바 먹었지? 돼지 플러스 조스 바는 누나래
요. 도윤이 놀려대자 자극받은 손녀가 방을 박차고 튀어나
와 손자의 등짝을 후려쳤다.

"너 이제 안방에 들어오지 마. 마루에서 아빠랑 자든지
골방에 가서 자. 오늘도 할머니가 안방에서 나랑 같이 자

요."

"영훈아! 그만 스마트폰 이리 내놔. 아빠가 잠을 자야 내일 출근하잖아. 엄마도 아프고 병원에 있는데 우리 서로 도와야 하잖아. 내일 어쩌면 엄마가 집에 올지도 몰라."

손자는 못 들은 척 여전히 베틀 게임에 집중한다. 손바닥만 한 기계 안에서 친구의 목소리를 들어가며 게임을 한다. 이보다 더 재미있을 수는 없다, 라는 표정으로 중독된 손자의 표정을 보고 있노라면 무섭기도 하고 신기하기도 했다. 피융, 피융, 피융, 얌마! 뒤통수에서 총 쏘지 말란 말이야. 의리 없이. 으악! 미치겠다. 너 정말 죽고 싶어? 으악!

갑자기 손자가 기괴한 소리를 지르며 열광하는 바람에 잠이 깊이 안 들어 몸을 뒤척이던 아들이 베개를 들고 일어나 몽유병 환자처럼 주방 쪽으로 걸어간다. 차디찬 골방으로 잠의 신을 찾아갈 모양이다. 아들의 그림자가 주방 벽에 박쥐 모양을 드러내자 가슴이 철렁 내려앉았다.

나는 더 이상 버티지 못했다. 인내의 한계에 온 건가? 화들짝 달려들어 손자의 핸드폰을 낚아채 거실문을 열고 베란다 밖 풀밭으로 내던졌다. 손자는 길길이 뛰었다.

"할머니가 뭔데 내걸 버려요? 나는 지금 친구랑 대화 중이었단 말이야. 나한테는 베틀 그라운드 친구밖에 없어요!."

손자의 악다구니에 현기증이 일었다.

"아무리 게임이 재밌다고 밤늦도록 게임만 하니? 벌써 11시가 넘었잖아. 어린애가 잠을 못 자면 키도 안 크고 몸도 약해진다니까."

"하고 싶은 거 하는 게 뭐가 나빠요? 학교에서 온종일 공부만 하고 집에 오면 학원 가고 친구랑 놀 시간이 없잖아요. 할머니는 왜 남의 집에 와서 잔소리에요? 빨리 할머니 집에나 가버려요."

나는 내 귀를 의심했다. 그동안 안 본 사이에 순진했던 아이가 이렇게 버릇없는 아이로 물들어있다니. 존댓말 해가며 비아냥거리는 말투라니. 만화 속 인물 같은 캐릭터가 어느새 만들어진 것일까.

손자의 말대답을 골방에서 들었는지 잠에서 깬 아들이 회초리를 들고나왔다. 아들의 시커먼 눈썹이 꿈틀했다.

"너, 할머니한테 무슨 말버릇이야? 일어서 종아리 걷어."

손자는 고개를 푹 수그린 채 그대로 소파에 앉아있었다.

"할머니가 할 일이 없어 여기 이러고 있는 줄 아니? 이제 너희 가족, 죽든지 살든지 맘대로 해. 엄마가 병원에 있는데 아빠까지 병들어서 일 못하게 되면 너희들은 길바닥에 나 앉을 거야?" 악다구니가 튀어나왔다.

아들이 회초리 내리치는 소리를 뒤로하고 나는 현관문을 박차고 나왔다. 한밤중에 아파트 산책로를 돌고 또 돌면서 마음을 가라앉히고 또 가라앉혔다.

게임에 미치다 보면 그 방면으로 미래, 프로게이머가 탄생할지도 모르잖아. 손자의 폰을 내던져 욕구를 강제로 차단한 나의 행동에 대해 회의가 일었다. 무엇보다 아들의 욕망도, 재희의 분노도 다 내려놓고 마음을 비우는 일이 중요한 거라는 건 이론에 불과했다. 엄마 아빠의 관심도 사랑도 받지 못하고 있는 애들한테 내가 도대체 무슨 소리를 하고 나온 거야.

마음아, 마음아! 악에 받친 내 가슴 속, 야생 코끼리가 날뛰도록 버려두고 뭐 한 거야?

내가 살아온 생을 되돌아보라는 뜻일까? 왜 하필 나한테 답이 없는 숙제를 내주는 거야? 답이 없는 숙제는 없다고 누군가 비아냥거렸다. 땅을 딛고 사는 한 인간은 욕망에서 벗어날 수는 없는 것인가.

현관문을 열고 들어서자 거실 전기 매트에 볼멘 얼굴로 손자가 제 아빠 가슴에 팔을 얹은 채 잠들어있다. 아빠는 미워. 엄마가 아파도 돌봐주지도 않고. 팔에 온통 주삿바늘 자국인데 엄마가 불쌍하잖아. 담배 냄새나서 엄마가 싫다는데 아빠는 담배도 안 끊잖아. 며칠 전, 재희가 반나절 외출을 나왔을 때 손자는 아빠에 대한 불만을 노골적으로 드러냈다.

살아있는 생명은 너 나 할 거 없이 측은한 존재인가. 눈물이 난다. 손자의 하얗고 매끈한 발이 이불 밖으로 삐져나와 있었다. 벗겨진 이불을 끌어다 어깨까지 덮어주고 손자의 뺨에 입맞춤하고 나는 손녀가 자는 안방으로 들어섰다.

살그머니 이불을 들치고 들어가 손녀 옆에 눕는데 스마트폰의 진동음이 울린다.

아무래도 당신과 나는 한번은 만나야 할 거 같소. 왜요? 하늘의 뜻인 거 같아서. 하늘의 뜻은 무슨. 말짱 소용없는 짓에 감정 소모하지 말기. 만나면 안 될 이유라도 있는가? 만나서 뭘 할 건데요? 소꿉장난? 음~ 밥도 먹고 차도 마시고 당신 좋아하는 영화도 보고 산책도 하고, 그리고 또. 그리고 뭐? 합궁도 해보고. 합궁? 푸 하하! 미친 블루 드래곤.

어느새 방전이다. 잘됐네. 어둠 속을 더듬어 폰을 경대 서랍 속에 넣어두고 이불 속으로 파고들었다. 블루 드래곤, 그도 삶이 고달픈 걸까, 도둑맞은 것처럼 지나간 청춘이 아쉬워 발광하는 걸까? '미친년, 별생각을 다 하네.' 바람 빠지는 소리를 내며 어둠 속에서 피식 웃었다. 씁쓰레한 웃음이 나를 조롱하듯 어둠 속을 떠다녔다. 그때 잠꼬대가 섞인 신음이 들려왔다. 손녀가 잠을 못 이루고 뒤척인다.

"나쁜 꿈 꿨니? 왜 그래?"

손녀의 팔을 흔들자 잠에서 깬 손녀가 얼굴을 찌푸린 채 다리가 아파죽겠다고 울상이다. 여중생 몸이 너무 뚱뚱하 다고 살 좀 빼라고 했더니 줄넘기를 무리하게 한 건가, 엉 덩이고 허벅지고 알찬 처녀 같다. 살 좀 빼라는 내 말에 자 극받은 모양이다. 이불 속으로 손을 넣어 손녀의 허벅지를 마사지하는 동안 손녀는 쌔근거리며 잠이 들었다.

잠이 어디론가 달아나니 오줌만 마렵다. 30분 간격으로 화장실을 들락거렸다. 물 내리는 소리 새벽의 고요를 깨운 다. 벌써 새벽 4시다. 1시간 지나면 알람이 울릴 것이다.

나는 아침밥을 지으려고 앞 베란다 쌀독 항아리를 열었 다. 일용할 양식이 담긴 쌀독이 비어간다. 집에 안주인이 없으니 쌀독이 비어가는구나. 밥이 힘인데, 쌀독이 비면 생명줄이 끊기는데. 가장 고요하고 아름다운 시간에 새삼스러운 생각이 들었다. 그렇지만 밥만 먹고 살 수는 없잖아. 밥 못지않게 우리 몸을 지탱해주는 영혼의 뒤주도 채워야해. 달콤한 욕망으로 물든 쥐가 갉아먹기 시작하면 금방 바닥날 테니까.

아침 식탁을 차리고 아이들을 깨웠다. 아이들은 이불 속에서 꾸물거렸다. 달콤한 잠에 취해있는 애들을 깨우는 게 안쓰러웠다. 밥 먹을 시간 없다고, 차 막힌다고, 아직 짙은 어둠이 깔린 시간에 출근하려는 아들을 붙잡아 식탁에 앉혔다.

"밥 먹는데 얼마나 걸린다고. 아침밥을 먹어야 머리가 잘 돌아간다잖아. 어서 먹어. 밥에 기름이 잘잘 돌잖아."

못 이기는 척 수저를 집어 든 아들은 기름이 잘잘 흐르는 밥에 카레를 얹어 한 공기 다 비우고 식탁 위의 면역강장제와 비타민을 먹고 현관을 나선다.

"어깨 좀 쭉 펴. 당당하게. 걱정거리 있어도 시침 뚝 떼고 씩씩하게 걸어. 살다 보면 별일 다 겪는 거야. 힘내!" 현관문을 나서는 아들의 어깨에 삶의 무게가 버겁게 실려 있다. 다 지나갈 거야. 다 지나갈 거야.

아침 설거지 끝내고 산더미 같은 빨래 돌리면서 내 몸속 노폐물도 빠져나가기를 소망한다. 안방, 거실, 아이들 방 청소하고 나니 11시다. 커피 한 잔 타들고 거실 소파에 앉아 아침 방송프로를 보는데 눈이 이상스레 침침하다. 눈앞에 안개가 뿌옇다. 혹시 백내장이 오는 거 아닌가, 심란하다. 텔레비전 방송 볼륨을 중간쯤 맞추었는데 소리가 약하게 들린다. 볼륨을 더 올리면서 고개를 갸우뚱했다. 이러다 정말 귀에 보청기 달아야 하는 거 아닌지 몰라. 이순이 코앞인데 자식들은 내 나이가 사십 대인 줄 아는 모양이었다.

'엄마! 엄마는 저의 멘토예요. 저도 엄마처럼 나이 들어도 생기 있게 즐겁게 살고 싶어요.'

재희가 병들기 전에 나한테 했던 말이다. 엄마를 어린 시절 잃은 탓인지 재희는 결혼 전부터 나한테 엄마라고 불렀다. 싫지 않았다. 며느리를 딸처럼 생각한다는 건 미친년 1호라는 우스개가 떠오른다. 아무튼 나에 대한 기대치를 허물어뜨리고 싶지 않아서 지금의 상황을 별일이 아니라는 듯 시침을 떼고 견디고 있는 거다.

"뭐해? 일 대충 끝났으면 롯데마트로 와. 옷 하나 사줄

게. 자식들한테 대접받아야 할 나이에 아들 며느리 뒷바라지하느라 고생했어. 그러니 자식 농사는 평생 농사라고 하지 않던가. 평생 쓸데없는 일에 목매달고 살아봤자 남는 게 뭐냐? 자식을 좀 번듯하게 키웠으면 며느리도 걸맞게 봤을 테고. 그랬다면 이 고생은 안 할 거 아닌가."

"옷 필요 없어요. 지금 이 마당에 그게 할 소리야. 자식은 나 혼자 키웠나? 아들은 아빠를 보고 생의 지표를 삶는 거 아닌가? 맨날 돈 돈 돈 돈타령만 하니까 자식이 대박 터트릴 생각만 하는 거 아니겠어? 아들이 갈수록 당신을 닮아간다고 며느리가 얼마나 불만했는지 알아?"

"뭐 뭐라고? 그게 도대체 무슨 말이야."

전화를 매몰차게 끊어버리고 나는 화장실로 들어가 머리를 감았다. 벌레가 기어가는 듯한 가려움증은 한번 건드리면 순식간에 번져나갔다. 머리를 그냥 빡빡 밀어버리고 싶은 충동이 일었다. 스마트폰 벨이 연이어 자지러지게 울렸지만 나는 못 들은 척했다.

할머니! 다음 달 클래식피아노 콩쿠르에 비발디의 사계 중 겨울을 연주하기로 했어요. 응원해주실 거죠? 물론이지. 영경이가 엄마한테 기쁨을 안겨주면 엄마 병도 빨리 나을 거야.

화장실을 나온 나는 또 커피 한잔을 타들고 스마트폰 속 동영상을 찾아 비발디의 사계 중 '겨울'을 들었다. 볼륨을 최고로 올려놓았다. 격렬하고도 빠른 속도로 절실하게 봄을 기다리는 겨울을 온몸으로 맞아들였다.

집안 환경이 좀 안 좋아도 우리 집 식구가 되려는지 재희가 딸처럼 정이 간다고 남편이 아들의 결혼을 서둘렀을 때 나는 고개를 저었었다.

모르긴 해도 제 결핍을 채우기 위해서 아들을 힘들게 할 거야. 보상심리라는 거 있잖아. 왜 가정환경을 보는지 몰라요? 기우가 아니었다. 재희가 결혼하고 2년쯤 지났을 때, 나는 시나리오 작업을 위해 멀리 지방에 있는 절에 내려와 있었다. 내가 머물고 있던 지방으로 출장차 내려왔다는 아들은 내게 식사 같이하자며 전화를 걸어왔다. 아직 신혼인데도 왠지 표정이 어두워서 무슨 일이 있는지 물었더니 별일 아니라고 얼버무렸다. 내가 재우쳐 묻자 아들은 직장 그만두고 사업을 해 볼까 생각 중이라고 했다. 아이템도 있고 사업계획서도 마련해놓았다고 했다.

사업이 그렇게 말처럼 쉽겠어? 더구나 이런 불경기에. 재희하고는 잘 지내는 거야?

한참을 뜸을 들이던 아들은 재희 때문에 스트레스가 심하다고 마지못해 쏟아놓았다. 매사에 너무 간섭하는 것도, 일터로 자주 연락하는 것도, 툭하면 잘나가는 친구 남편하고 비교하는 것도 기분 나쁘다고 했다. 월급쟁이가 사업하는 친구 어떻게 따라잡으라는 건지. 수입은 정해져 있는데 공주처럼 살고 싶어 한다면서 아들이 불만을 내질렀을 때만 해도 '네 인생이야. 네가 선택한 동반자 아니냐. 누굴 탓하겠니. 서로 양보하고 사는 수밖에 도리 없잖아.' 했었다.

4

의사는 아직 퇴원할 시기가 아니라고 했지만, 일찍 퇴근한 아들은 생기가 좀 살아난 듯한 표정으로 나를 태우고 병원으로 달렸다.

차창 너머로 온갖 사람들이 저마다 바쁜 걸음으로 어디론가 가고 있었다. 어디로 가는 거지? 태어난 순간부터 우리는 죽음으로 가고 있는 것이기는 하지만. 일주일이면 끝날 줄 알았는데 아들 집에 머문 지 어느새 한 달이 지났다. 내 몸은 죽음에 더 가까이 다가간 듯한, 한풀 꺾인 느낌으로 나른하고 아득해졌다.

보살의 심정으로 환자를 보살펴주지 않으면 도로 아미타불입니다. 감정의 노예가 되면 마음공부는 물 건너가는 겁니다. 귀에 익은 목소리는 틈만 나면 끼어들었다.

나는 마음을 다잡으며 면회실로 들어섰다. 방금 누가 다녀간 듯 퀴퀴한 실내에 닭튀김 냄새가 뒤섞여 인상이 절로 찌푸려졌다. 동그란 테이블 의자에 아들과 마주 앉아 재희를 기다리는 시간이 지루했다.

면회실 문이 열리고 재희가 들어선다. 그녀의 낯빛은 말끔했고 살집도 통통하게 올라 있었다.

"왜 하필이면 샤워하는 시간에 면회를 오는 거야?"

느닷없이 아들을 향해 재희가 내뱉은 말은 어처구니없었다. 눈꼬리가 치켜 올라간 재희의 눈과 마주친 순간 내 가슴 속 야생 코끼리가 뛰쳐나오려고 발버둥 친다. 아픈 게 유세냐? 얼마나 성질이 못됐으면 제 성질 못 이겨 까무러치고 사지마비가 오겠어? 목구멍까지 치받친 말을 꿀꺽 삼킨 채 재희의 눈빛을 맞받아쳤다.

"도대체 뭐가 불만이냐? 상태가 좋아져서 이제 퇴원하고 집에서 통원 치료하고 싶다고 했다면서?"

낮은 톤의 목소리로 차분하게 응시하는 나의 눈빛과 마

주하자 재희는 눈을 내리깔더니 이내 눈썹이 솟구쳤다.

어제 영훈이를 또 때렸다면서? 아들을 향해 재희가 불만을 내질렀다. 영훈이가 맞을 짓을 했으니 신경 쓰지 말고 퇴원할 준비나 하라고, 퇴원하고 통원 치료하는 방법을 생각해보라며 아들은 핏발 선 눈빛으로 말했다.

순간, 재희가 갑자기 고개를 숙이더니 면회실 테이블에 머리를 짓찧었다. 자해하는 재희를 보자 나는 침을 꼴깍 삼키고 다시 한번 호흡을 가다듬었다. 혹시 약의 부작용인가? 끝이 보이지 않았다. 그래도 무슨 말이든 해야 했다.

"그동안 힘들었던 거 알아. 누구에게나 산다는 건 만만치가 않은 거야. 자식을 생각해서라도 마음을 비워 봐. 모든 책임을 상대한테 전가하지 말고 내 탓이오 하면 병은 저절로 낫는다."

말로는 무슨 말이든 못하겠느냐고, 그런 말 따위 듣고 싶지도 않고 아무런 도움도 안 된다는 표정으로 재희는 눈물을 질금거렸다. 눈물을 흘리고 난 후의 재희의 표정은 이상스레 평온해 보였다.

나는 숄더백을 열고 은박지에 싼 샌드위치를 끄집어냈다.

"이거 엄마가 만든 샌드위치야. 넌 엄마가 만들어주는

건 다 맛있다고 잘 먹었잖아. 퇴원하고 나면 떡국이랑 미역국이랑 맛있게 만들어 줄 테니 걱정 말고 마음 편하게 먹어."

뛰는 숨을 가다듬으며 나는 재희의 등허리를 한동안 쓰다듬었다.

"엄마, 고마워요. 그리고 죄송해요." 재희의 마음 변화가 일기예보 같다. 재희는 이내 순한 양처럼 다소곳해졌다. 약의 부작용일지도 몰라. 내가 이해하는 게 쉽지. 세월의 강이 그냥 흐른 건 아니니까.

환자 면회 시간이 끝나자 초록색 우주복을 입은 남자가 재희를 데리고 사라졌다. 획, 뒤돌아본 재희의 표정은 가늠하기 어려웠다. 생명을 넣 집이 사라지게 생겼으니 얼마나 불안했을까, 게다가 혼자 감당하려고 마음을 포장하고 사느라 얼마나 힘들었을까. 재희의 입장이 돼 보면 이해 못할 것도 없었다.

다음 날, 퇴원하기로 의사와 면담을 끝낸 후, 아들은 나를 이사한 새 아파트 입구에 부려놓았다.

엄마! 그동안 고생 많으셨어요. 나중에 엄마한테 잘할게 오래 살아요. 바닥까지 내려왔으니 이제 다시 올라갈 일만 남았어. 아들의 이마에 주름 하나가 펴진 듯했다. 그래! 앞으로는 너무 욕심부리지 마. 열심히 노력하다 보면 기회가 오기도 하는 거지. 위기가 기회다, 라는 말도 있잖아. 수험료가 너무 비싸긴 했지만, 일단 베팅이라는 거 경험해봤으니 이제 알 거잖아. 최고의 확실한 베팅은 딱, 한 번으로 족하다. 무슨 말인지 알지? 아들이 머리를 긁적이며 웃었다. 내일 저녁에 재희 퇴원 기념으로 갈비 먹으러 가자는 말에 고개를 끄덕이고 아들을 등 떠밀어 집으로 보냈다.

한 달 남짓 긴장이 풀린 탓인지 갑자기 온몸에 냉기가 스며들고 목 언저리에도 차가운 기운이 스멀거렸다. 몸이 부들부들 떨리더니 목구멍이 칼칼해지고 기침이 나고 다리는 힘이 빠져 흐느적댔다.

승강기를 타고 8층에 올라 현관문 앞에 오래 멍하니 서 있었다. 현관문 비밀번호가 생각나지 않았다. 손바닥으로 현관문을 몇 번이나 두드렸지만, 소식이 깜깜이라 스마트폰을 꺼내 남편한테 전화를 걸었다.

"문 열어요. 졸도하기 직전이야."

현관문을 연 남편은 내 상태는 아랑곳없이 뒷모습을 보였다. 아내가 있으면서도 아내가 없는 남자야 나는. 불만스럽게 내뱉고 그는 곰 발바닥 같은 우렁찬 걸음걸이로 거실을 향해 걸어 들어갔다.

"집안에 무슨 냉기가 이렇게 도는 거야? 발바닥이 시리네. 추워 죽겠어. 몸살 나려나 봐. 난방 좀 올려줘."

아늑하고 쾌적하고 따스해야 할 실내가 북극해 같으니 피로가 더해져 와락 짜증이 몰려왔다. 옷 가방을 서재에 부려놓고 현관 입구 쪽 욕실에 들어가는 나를 향해 남편은 말했다.

"욕실 바닥에 물 넘치지 않게 해. 특히 입구 쪽은 내가 테두리에 페인트칠했으니까 조심하라고."

벌레가 기어가는 듯한 머리에 샴푸를 하는 동안 우리의 고난이 이쯤에서 멎어주길 기도했다. 샤워를 마치고 물기를 털어내고 거실로 나왔다. 실내의 차가운 기운이 내 몸을 얼음조각으로 만들었다. 진저리를 치는데 재채기가 나왔다.

"아니 여태 난방 온도 안 올린 거야? 추워서 몸살 날 거 같단 말이야."

"여기 침대로 와서 자. 더워 죽겠는데 무슨 난방을 올리라고 난리야. 난방비 아껴야지. 내 배는 난로처럼 뜨거우니까 내가 녹여줄 테니까 빨리 들어와." 어이가 없었다. 한

달을 잠도 제대로 못 자고 고생하고 돌아온 아내한테 난방비 걱정하고 벌벌 떠는 남편이 괴물 같았다. 아무리 추워도 괴물 옆에서 자고 싶지는 않았다.

나는 서재로 들어가 전기장판을 깔고 서재에 있던 얇은 캐시밀론 이불을 덮고 오지 않는 잠을 청했다. 잠은 달아나고 등은 뜨거워도 내부 공기는 얼음장이다. 칼칼하던 목구멍이 아예 모래가 막혀버린 듯 갑갑했다. 잠이 안 와 거실로 나와 불을 켰다.

거실 창가 쪽 녹보수 이파리들이 그새 풍성해졌고 기름칠을 한 듯 더 반짝거렸다. 행복이 열리는 나무라고? 초록 보물이 매달린다는 녹보수 이파리들이 떼 지어 날아와 내 얼굴을 뒤덮는 환상이 언뜻 스쳤다.

'생은 고난의 연속입니다. 고난의 시작이 있으면 마침내 고난의 끝이 있습니다.'

여전히 낯익은, 목소리가 들려온다.

내 사랑 굼벵이

1

　새벽의 희끄무레한 빛무리가 노르스름한 창호지 문살에 어른거리기 시작할 무렵이면 하루의 신성한 의식처럼 나는 할아버지 방으로 건너온다.

　오늘도 옆집 정애네 담 너머로 찬송가가 흘러나온다. 가슴에 파문이 일어난다.

　내 영혼이 은총 입어 중한 죄 짐 벗고 보니… 찬송가는 할아버지가 제일 듣기 싫어하는 노래다. 영혼, 은총, 죄 라는 말들이 가슴 속에 맴돌 때, 할아버지의 밭은기침이 났다. 가슴이 조여들기 시작한다. 쿨룩, 쿨룩 할아버지 기침 소리는 생전 끊어질 것 같지 않게 숨 가쁘게 이어지다가 어느 순간, 고장 난 녹슨 펌프 물 퍼 올리는 소리를 낸다. 아마도 할아버지의 눈에 눈물까지 고였을 거야. 천식이란 참 고약한 병이다. 차라리 숨이 끊어져 버리면 그만인 것을, 끊어질 듯 말 듯 사람 환장하게 만드니 할아버지가 죄를 지으신 게 많은 모양이다. 그런데 죄가 도대체 뭔데? 생각이 거기에 미치자 언제부턴가 실어증에 걸린, 인섭의 창백한 얼굴이 떠오른다.

목구멍에 그르렁대던 가래를 한꺼번에 토해내어 하얀 타구에 뱉어낸 후, 할아버지는 나를 힐끗 뒤돌아본다. 길게 들이쉰 숨을 한숨처럼 내뱉으며 나는 할아버지의 등 뒤에 앉는다.

할아버지의 나이는 올겨울 지나면 88세, 미수가 된다. 엄마는 어젯밤 불쑥 병세가 심해진, 아버지의 배다른 여동생인 고모를 보살펴주기 위하여 도립병원에 갔다. 아마 밤을 새울지도 모르겠다고 피곤이 묻어있는 목소리로 내게 아침밥을 준비하라고 전화가 왔다. 신경쇠약에 당뇨까지 겹쳐 죽을 날만 기다리고 있으면서도 언제나 고모의 얼굴은 어린아이처럼 맑았다.

열여덟이라는 사춘기를 앓고 있는 나는 엄마가 금지하고 있는 모든 것으로부터 자유로워지고 싶었다. 틈날 때마다 소설책을 껴안고 뒹구는 게 일이다. 책 속에 등장하는 인물들의 생을 통해서 나는 미래에 일어날 온갖 가능성에 대해 점쳐보는 버릇이 생겼다.

한 생명이 태어나는 데는 다 그만한 이유가 분명 있는 거라고. 아무리 할아버지와 술집 기생 사이에서 태어난 딸이 고모라고 해도 말이다.

할아버지는 고열을 동반한 폐렴을 앓고 난 후로 가끔 치매 끼가 발동하곤 했다. 날이 꾸물꾸물하여 눈이라도 올 것 같은 기미가 보이면 영락없이 집을 나섰다가 길을 잃어버리는 통에 가족들의 애간장을 태우는 일이 많았다. 생각다 못한 엄마는 주소, 이름, 전화번호 등이 적힌 헝겊 명찰을 할아버지 겉저고리에 매달아 놓기도 했다. 할아버지가 밖으로 나가기만 하면 입버릇처럼 하는 말은 고종 황제의 후손이 우리 집을 궁내동에 멋지게 지어주기로 약속했다는 것이다. 일주일이 멀다 하고 할아버지는 한 번도 가본 적이 없는 거리를 배회하다 낯선 사람이나 경찰한테 업혀들어오기 일쑤였다.

엄마는 머리끝이 송곳으로 찌르는 것 같다고 하소연하고는 했다.

그날도 할아버지는 어김없이 지팡이 들고 궁내동에 집 짓는 거 감독하러 가야 한다고, 우리 집이 거의 다 지어졌을 거라고, 엄마를 빤히 쳐다보며 말했다.

"아니, 아버님! 도대체 왜 이러세요. 제발 가만히 집에 좀 계시라구요. 저마저 병들면 누가 아버님을 돌봐드리냐고요."

엄마가 혼잣말처럼 마지막 말을 얼버무리는데 웬 귀는 그리 밝은지 할아버지가 그 소리를 들은 모양이었다.

"오냐! 시아비가 그리 짐스러우면 병원에 가서 누워있거라. 나는 정인이만 있으면 된다."

흠! 흠! 헛기침까지 하며 지팡이를 휘두르던 할아버지의 고집을 꺾지 못하고 엄마는 행주치마에 눈물을 찍어 매고 부엌으로 들어가 버렸다.

"할아버지! 추운데 나가셨다가 다치시기라도 하면 큰일나요. 이렇게 싸락눈이 오는데요. 이런 날은 집짓기 힘드니 짓더라도 날 풀리고 따뜻한 봄이 오면 그때 가시면 되잖아요."

엄마를 도와준다고 끼어들었지만, 엄마는 아궁이 앞에서 입술을 비죽이고 있었다. 할아버지의 치매 병간호보다도 엄마를 더 힘들게 하는 건 아버지의 바람의 산물인 인섭이었다. 엄마가 3대 독자 집안에 시집와서 정인, 정란, 딸만 둘을 낳자 할아버지의 압력은 대단했다고 한다.

생모와 함께 제주 마을에 숨어 살던 인섭이 어느 날, 혜

성처럼 나타나 우리와 한 가족이 된 이후로 엄마의 얼굴에는 그늘이 진을 치고 앉았다.

"엄마! 아버지를 그냥 있는 그대로 이해해주면 안 돼? 아들 하나, 하늘이 내린 선물이라고 생각하면 덜 속상하잖아."

그렇게 엄마를 위로할라치면 제 아버지와 빼닮아 뻔뻔한 딸년이라며 노골적으로 나한테 불만을 드러냈다. 어떤 날은 가슴이 문드러질 것 같은 한숨 끝에 아궁이를 뒤져 담배꽁초를 입에 물고 있기도 했다.

아무래도 고모가 할아버지보다 먼저 하늘나라 갈 거 같은 조짐이 보이는지 엄마는 요즈음 부쩍 도립병원 나들이가 잦았다. 일제 시대, 진주여고를 졸업하고 소학교 선생까지 지낸 엄마는 시장통에서 큰 포목점을 하는 집 막내딸이었다. 똑똑하기가 이를 데 없어서 할아버지와 절친한 친구였던 일본인 교장이 중매를 섰다. 아버지는 워낙 술을 좋아해서 신부가 될 처녀, 선을 보러 와서는 장인이 될 어른과 술을 주거니 받거니 하다가 그만 그 집에서 잠드는 바람에 인연이 맺어졌다고 한다.

"에이, 술이 웬수지. 그놈의 술만 아니었더라면 너의 엄마랑 어림도 없는 소리다."

아버지는 가끔 농담처럼 그렇게 말하긴 했어도 그건 괜한 소리라는 걸 안다. 늘씬한 몸매에 이화 전문을 나온, 집안이 쟁쟁한 여자들과 선을 수없이 보았지만 모두 거절했다는 후문이 내 귀에도 들려왔으니까.

언젠가 엄마의 머리가 마치 까치집 지은 듯 어수선하던 날, 그대로 바라보기가 민망해서 느닷없이 엄마의 신혼 첫날밤 이야기를 들려달라고 조른 적이 있었다.

엄마는 계면쩍어하면서도 이미 눈가에는 아득한 추억의 필름을 더듬고 있었다. 신혼 첫날밤에 엄마가 직접 그린 새빨간 장미에 이슬이 영롱하게 맺혀있는 그림을 벽에 걸어 놓았는데 아버지는 이슬 맺힌 장미를 한동안 응시하다가 '그림 좋은데' 하면서 얼마 주고 사 왔느냐고 물었더란다. 엄마가 그린 그림이라는 걸 안 아버지가 엄마를 무릎에 앉혀놓고 머릿결을 부드럽게 어루만지더라는 말을 듣고 나는 엄마가 이야기를 지어내는 게 아닐까, 라는 생각이 들 정도로 신기했다. 내 유년 시절 기억 속에 엄마와 아버지는 소 닭 보듯이 있는 듯 없는 듯 그렇게 시시하게 살아가고 있는 것처럼 보였으니까.

"피는 못 속인다더니! 치매 걸린 시아버지, 송장이나 다름없는 시누이 뒤치다꺼리도 신물이 나건만 그것도 부족

해서 이제 네 아버지 바람씨까지 품고 살아야 한단 말이
니?"

엄마는 아버지를 빼다 박은 내게 퍼붓듯이 투덜거리면
서도 할아버지한테는 하루도 거르지 않고 당근 주스를 갈
아 바친다. 덕분에 할아버지는 아직도 얼굴에 윤기가 돌고
틀니를 하고도 식사를 아주 잘하시는 편이다.

너의 할아버지는 백수도 더 할 거라고, 엄마는 입버릇처
럼 걱정을 쏟아내곤 했었는데 어느 날 할아버지의 목덜미
에 피부병인 발찌가 생겨났다. 도립병원에서도 특별한 치
료법이 없는 난치병이라는 진단이 나왔다. 단순한 부스럼
딱지가 앉는 종기가 아니고 발병하면 마치 우물 속처럼 깊
이 상처가 패여 차츰 곪아가면 끝내 목숨을 잃게 될지도
모른다고 했다.

아버지가 곤충학자라는 건 할아버지의 발찌를 치료하
는데 한몫을 단단히 했다. 아버지는 어린 시절, 파브르의
곤충기를 읽고 곤충학자가 되고 싶다는 꿈을 가졌다니 과
연 책의 위력은 대단했다. 아버지는 이 세상에 있는 벌레
들을 무척 사랑했다. 그중에서도 눈에 보이지 않는 진딧물
이나, 풍뎅이를 주로 연구하셨다. 풍뎅이 애벌레인 굼벵이
가 발찌에 특효약이라며 풍뎅이 유충인 굼벵이를 구해놓

으라는 할아버지의 불호령이 떨어진 후 아버지는 제주 농가를 들락거리며 일꾼을 사서 제주 초가 농가에 굼벵이를 양식했다.

2

할아버지의 검붉은 목덜미 근처는 마치 뱀 가죽처럼 수들하고 징그러웠다. 할아버지의 목덜미에서 노란 반창고를 떼어내자 반창고 주변에 검초록 피고름이 엉켜 붙어있었다. 나는 알코올 솜으로 깊숙이 파인 상처 부위를 소독해내고 밤새 피고름을 빨아먹고 죽어 나자빠진 굼벵이를 핀셋으로 걷어냈다. 핀셋으로 굼벵이를 집어 올리는 동안 여전히 담 넘어 들려오는 찬송가의 의미를 음미해본다.

내 영혼이 은총을 입는다고? 어떻게? 은총 입어 무거운 죄의 짐을 벗는다? 담 너머 들려오는 정애네 엄마의 찬송가 부르는 소리는 소프라노에 무슨 염불처럼 흥얼거리는 거여서 가사의 내용과 무관하게 술 취한 자의 주정처럼 들리기도 한다. 찬송가의 내용을 음미하고 있으면 너는 죄인이야! 그렇게 단정적으로 하늘나라 출석부에 내 이름이 기록되는 거 같아서 가슴이 두근거렸다.

'내 영혼이 은총 입어 중한 죄 짐 벗고 보니'

나는 나도 모르게 찬송가를 명곡처럼 불렀다. 인간은 본능적으로 죄를 짓기 마련이라고 생각한다. 순간, 눈 아래 그늘을 만들고 있는 창백한 인섭의 얼굴이 떠오른다. 어떤 얼굴로 그를 마주해야 할지 아무리 궁리해도 풀리지 않았다. 더 이상 생각하지 말고 부딪치자. 그래! 인섭과 나 사이에 벌어진 일들은 세상이 만들어지기 이전부터 이미 약속되어 있었던 거야.

자율 최면을 걸고 나자 마음이 조금 편안해졌다.

"뭐라고 지껄이는 게야! 쯧쯧! 왜 멀쩡한 정신을 남 주고 사는 게야! 에이, 예수쟁이들은 정말 꼴 보기 싫어!"

"새살이 조금 돋았어요. 할아버지! 참 신기해요. 그렇게 상처가 아물 것 같지 않더니. 이 세상에 쓸데없는 건 하나도 없다니까요."

할아버지의 말을 못 들은 척 나무 박스 안에 들어있던, 희생의 제물이 될 굼벵이를 핀셋으로 집어 들고 검붉은 목덜미 한가운데 깊숙이 파인 구덩이로 집어넣었다. 미물도 뭔가 감지할 수 있는 능력이 있는 모양이다. 환한 곳에서 어두운 구덩이 속으로 나동그라진 굼벵이는 허연 빛무리를 좇아 다시 기어오른다. 기어오르는 굼벵이를 핀셋으로 건드려 추락시키며 나는 가슴이 두근거렸다.

'넌 죽어야 해! 네가 죽어야만 우리에게 희망을 줄 수 있단 말이야! 어쩌겠니, 네 운명이 그렇게 타고난걸.'

재빠르게 손을 놀려 굼벵이를 구덩이 깊숙이 집어넣고는 까만 이명래 고약이 묻어있는 누런 기름종이를 목덜미 상처의 아가리에 붙이고 손바닥으로 힘주어 눌렀다.

"할아버지! 할아버지 젊었을 때 아주 부자였다면서요?"

정말 궁내동 어딘가에 우리의 땅이 있는 것 같은 생각이 들기도 해서 넌지시 그렇게 운을 떼니 할아버지는 한동안 나를 빤히 쳐다보았다.

"암 있구 말구, 제주도만 빼고 우리나라 땅에 다 하래비 이름이 새겨져 있어. 해방이 조금만 더디 왔더라도, 남강 땜 공사를 너끈히 다 마친 다음에 말이야. 하래비가 돈 들여 그 많은 인부들 월급 주고 친척 식솔 할 것 없이 모두 먹여 살렸지. 그 어마어마한 공사비를 나라에서 받기도 전에 해방의 나팔이 불었으니. 해방이래야 그게 어디 온전한 해방이었었냐만."

치매 기운이 어디로 살짝 외출 나가면 할아버지의 굴젓처럼 풀어져있던 눈도 어느새 반짝거리는 눈빛으로 돌아왔다.

나는 검초록 색깔로 널브러진 굼벵이 시체들을 신문지에 둘둘 말아 쥐고는 현관 밖으로 나간다. 굼벵이의 사체를 그냥 쓰레기통에 버리려다 마음을 바꿔 관사 앞 뽕밭에 묻어주기로 했다. 이왕 희생하는 김에 죽어서 그 어느 하나 버릴 것 없다는, 뽕나무의 거름이 되면 더 좋을 듯싶었다.

뽕밭 이랑을 거닐고 있으니 병든 고모 생각이 난다.

'새야, 새야, 날아라. 오디밭에 앉지 마라! 오디꽃이 떨어지면 왕 서방이 울고 간다.' 오디를 한 움큼 따먹어 입술이 마치 납량물에 나오는 귀신같아서 무섭기까지 했던 고모의 얼굴이 떠오른다.

정을 떼려는 것일까. 심란한 마음이 되어 부엌으로 돌아온 나는 당근 주스를 갈아 할아버지 방에 들여놓고 인섭의 방으로 갔다. 인섭의 방문 앞에서 한참을 망설였다. 가끔 인섭의 방 가까이 가면 강아지 울음소리가 환청처럼 들려왔다. 아끼던 강아지, 해피가 죽고 나서 인섭은 뭐에 홀린 듯 말을 잃은 채 그림에만 몰입했다.

아버지를 찾아 인섭의 외삼촌이라는 남자와 인섭이 우리 집에 오던 날, 인섭의 품에 안겨 온 강아지 이름이 해피였다. 당시 아버지는 해외 세미나로 부재중이었고 집에는 할아버지와 엄마 그리고 나와 동생 정란이, 뿐이었다.

거두어주십시오. 인섭의 생모가 세상을 뜨면서 제게 간절히 부탁했습니다.

인섭의 외삼촌이라는 남자는 꿇어앉아 무릎에 두 손을 깍지 끼고 기도하는 모습으로 고개를 숙이고 있었다. 인섭은 무릎을 꿇은 채로 강아지를 품에 안고 있었다. 인섭의 눈은 깊고도 강렬했는데 어딘지 눈 그늘을 안고 있었다. 우리 가족 속으로 불쑥 낯선 침입자가 되어 나타난 인섭에 대해 엄마 못지않게 못마땅해 한 건 동생 정란이었다. 강아지가 고개를 쳐들고 인섭의 뺨을 핥는 걸 보고 정란은 노골적으로 불만을 드러냈다.

"강아지 털에 온갖 세균 득시글거리잖아! 엄마! 내 몸이 가려워 죽겠어!"

가시 돋친 말을 쏘아붙이고 정란은 방문을 열고 나가 버렸다. 인섭의 눈에 잠깐 불안한 그림자가 흔들리다 사라졌다. 그때 할아버지가 큰기침하며 주변 정돈을, 하셨다.

"정란이가 언니랑 한방을 쓰고 인섭이는 우선 정란이 방을 쓰도록 하거라. 애비가 돌아오면 방 하나를 새로 만들어 줄 테니까. 우리 집안의 대를 잇기 위하여 온 귀한 인

114

물이구먼. 잘생겼다!"

인섭은 그렇게 우리와 한식구가 되었다. 엄마는 밥하고 빨래하고 도시락 싸고 학교생활에 필요한 준비물, 용돈 등등 일상적인 일들은 완벽하게 챙겨주면서도 인섭에게는 필요한 말 이외에는 하지 않았다.

'강아지 이름이 해피야? 이름 잘 지었네. 해피! 해피와 더불어 살면 행복하겠지?' 그렇게 정인은 인섭의 마음을 편안하게 해주고 싶었다.

술이 들어가야 말문을 트고 술이 들어가야 비로소 웃는, 언제나 연구실에 박혀서 일 중독 환자처럼 연구만 하는 아버지는 할아버지를 아버지라고 부르기는 고사하고 기침도 못 낼 만큼 어려워했다. 어느 날부터인가 아버지는 연구실에 국방색 침대와 전기난로를 들여놓고는 밤을 새우기 일쑤였다.

아버지가 집에 들어오는 날은 할아버지가 아주 가끔 이부자리에 똥이나 오줌을 지리는 날이었다. 아무리 며느리라지만 엄마는 똥 묻은 옷이나 이불은 빨 수 있어도 할아버지의 몸을 씻겨드리는 건 거북해했다.

아버지가 해외 세미나에서 돌아온 이후 인섭이와 나 사

이에 예기치 못한 일이 벌어지고 말았다. 잠재되어있던 심란한 집안의 공기가 복병처럼 숨어있다가 튀어나왔다.

그날은 인섭이 미술학원에 가는 날이어서 좀 늦게 돌아오는 날이었다. 정란이 인섭의 방에 들어가 책상 서랍을 뒤졌던 모양이다. '아낌없이 주는 나무' 눈에 띄는 책 하나를 발견하고 뒤적이는데 빛바랜 사진 하나가 방바닥에 떨어졌다. 문제의 발단은 그 사진이었다. 아버지가 얼굴이 갸름하고 눈이 서늘한, 어딘가 눈 그늘이 느껴지는 아름다운 여자의 어깨를 보듬어 안고 여섯 살 남짓 되었음직한 어린 소년을 무릎에 안고 활짝 웃는 사진이었다.

"언니! 이 사진 좀 봐! 좋아서 아버지 입이 째지네. 아니 아버지가 언제 식구들 앞에서 활짝 웃어본 적 있어? 우린 가족사진 하나 변변한 거 없잖아."

말이 끝나기 무섭게 정란은 그 사진을 갈기갈기 찢어서 방바닥에 흩뿌렸다.

"아니 너 미쳤니? 사진은 왜 찢고 그래!"

갈기갈기 찢어진 사진 조각들을 주워 모아 조각 이불 꿰매듯 이어 붙이고 있을 때 막 학원에서 돌아온 인섭이 그 광경을 보고는 숨도 안 쉬고 정란의 뺨을 후려쳤다. 생전화를 낼 것 같지도 않은, 말이 없고 차분한 성격의 인섭이 감정을 폭발하는 모습에 마음이 불편했지만, 이상하게도 내게 신선한 자극을 안겨주었다.

인섭은 나를 일별한 후에 방 한쪽 구석에서 주인의 눈치를 보며 깨갱거리는 강아지, 해피를 안고 집을 뛰쳐나갔다. 통금 사이렌이 불고, 밤이 깊어가도록 돌아오지 않는 인섭을 기다리느라 할아버지와 나는 마당 가에서 밤이 깊도록 서성거렸다.

12시가 훨씬 넘은 시간에 인섭이 고개를 푹 떨어뜨리고 유정 천리라는 만화책 몇 권을 옆구리에 끼고 들어왔을 때 할아버지는 무섭게 회초리로 때렸다. 무엇을 잘못했는가, 왜 맞아야 하는가, 몇 대를 맞겠는가를 낮은 목소리로 물은 다음 서너 차례 때렸다.

"너는 우리 가문의 대를 잇기 위하여 세상에 존재한다는 걸 잊었느냐!"

회초리를 후려칠 때마다 칼바람 소리가 소름 끼쳤다. 인섭은 칼날 같은 회초리를 고스란히 맞으면서 어깨를 조금 움찔했을 뿐 아프다고 울음소리를 내지는 않았다. 정란의 방에는 불이 꺼져있었다.

한밤중 후시딘연고를 들고 발소리 숨소리 죽이며 인섭의 방문을 열었다. 인섭은 해피를 품에 안은 채 이불을 뒤집어쓰고 새우처럼 몸을 웅크리고 누워있었다. 내가 들어온 걸 모르나? 알고도 모른 척 잠든 척 누워있는 건가. 해피야! 네가 말해봐라. 내 마음을 알아챘는지 순간, 해피가 컹컹 짖어댔다. 이불을 걷어올리고 매끈하고 하얀 인섭의 발을 끌어당겨 종아리를 들여다보다가 가슴이 선뜻했다. 핏자국이 얼룩진 종아리가 눈에 띄자 왠지 코끝이 찡했다.

정인 누나! 내가 세상에 태어나서 처음으로 행복했던 순간이야! 단 한 장, 그 사진 속 기억을 안고 나는 엄마를 떠나보낼 수 있었어. 해마다 여름이면 일주일 정도 아버지 얼굴을 볼 수 있다는 기대감으로 일 년이 지루하지 않았어. 낮은 목소리로 음의 높낮이도 없이 무연한 낯으로 중얼거리는 인섭이 측은해 보여 나는 시뻘겋게 피멍이 든 종아리에 연고를 바르고 쓰다듬어 주었다.

너무 슬퍼하지 마! 그래도 살아있다는 건 좋은 거야. 모든 인연은 맺어져야 할 이유가 있는 거야. 마치 그런 표정으로 눈물이 얼룩진 인섭의 뺨을 부드럽게 어루만져주었다. 이상하게도 내 온몸의 세포가 다시 태어나는 듯 가슴에 떨림이 느껴졌다.

봉숭아꽃 이파리 같은 인섭의 입술에 내 입술을 살짝 포갰다. 우린 옷을 입은 채로 구름 위를 오르는 사닥다리를 타고 아슬아슬하게 하늘에서 한 뼘 아래까지 오르락내리락했다. 갑자기 사닥다리가 사라져버릴지도 모른다는 공포감이 몰려왔다. 그쯤에서 누가 먼저랄 것도 없이 둘은 서로 몸을 밀어냈다.

"이마에 열이 있는 것 같은데 누나가 물수건 좀 해줄까?"

아무 일도 아니라는 듯 불온한 감정, 금지된 장난을 잠시 해본 거라고 자신에게 최면을 걸었다.

인섭은 금방 눈물을 그친 아이 같은 표정으로 고개를 끄덕였다. 뜨거운 물수건을 가져와 인섭의 얼굴과 발을 닦아주자 쌀쌀한 밤거리를 헤매고 다닌 뒤끝인지 살포시 잠이 드는 거 같았다.

인섭의 발끝 쪽 포근한 이불에 싸여있던 해피는 답답한 듯 이불을 박차고 나와 갑자기 눈이 빨개져서 발광하듯 짖어댔다. 밤은 깊었는데, 식구들이 깰까 봐 마음이 다급해진 나는 해피를 커다란 마루방에 옮겨놓았다. 아무래도 무슨 전염병인 거 같아서 마음이 심란했다. 사실 마음이 심란한 것은 해피, 때문이라기보다 인섭이와 나눈 금지된 어설픈 몸의 대화 때문인지도 몰랐다.

마루방에 옮겨진 해피는 눈에 핏발을 매단 채 그 넓은 마루를 쉬지 않고 맴돌았다. 마음이 너무도 산란했다. 며칠 안 감은 머릿속처럼 뒤숭숭했고 가려웠다.

나는 밤이 깊도록 잠들지 못했다. 아버지가 어쩌다 할아버지 목욕시키러 집에 돌아오던 날 밤의 장면이 떠올랐다. 엄마의 얼굴이 오랜만에 환하게 물들었다. 벽 하나를 사이에 두고 숨을 헐떡거리는 소리가 들리더니 이어서 고무 찰떡 부딪는 소리가 났다. 잠시 후 잦아드는 숨소리 끝에 나직한 엄마의 목소리가 들려왔다.

"당신, 아직도 죽은 인섭이, 에미를 마음에 품고 있는 거 아니에요? 차라리 두 집 살림을 할 망정 그년이 살아있으면 좋겠어. 죽은 여자를 여전히 품고 사는 당신이나, 당신 아들을 지켜보는 것보다 낫겠어요."

어머나! 세상에. 죽어서도 자유롭지 못한 것이 여자의 질투라더니.

언젠가 아버지 연구실에 밤참을 나르러 갔다가 아버지한테 새삼스레 말한 적이 있었다.

'아버지! 고모는 아무래도 할아버지 친딸이 아닌 것 같아요, 라고 말했을 때는 내게 숨은 의도가 있었다. 아버지는 내 속마음을 알아챘는지 어쨌는지 몰라도 대답은 역시 생물학자다웠다.

"종의 기원을 거슬러 올라가면 결국은 다 한통속인 게야. 사람들은 내 피가 흐르는가에 그토록 집착하지만, 그건 엄밀히 말하면 가족이라는 동굴 이기주의라는 거다."

그때 아버지의 얼굴이 위대해 보였는데 정말 위대한지는 더 두고 봐야 알 일이다. 포르말린 냄새가 지독한, 표본실의 박제된 곤충들을 바라보는 내 시선은 아버지의 영향인지 현실을 벗어나기 일쑤였다. 아버지는 고모한테 가끔 농담하곤 했었다.

오디밭에 부리나케 드나들면서 왕 서방이라도 하나 낚지 그랬느냐고. 왜 하필이면 왕 서방인가, 고개를 갸우뚱했다가 나중에야 생각났다. 뽕, 누에, 비단, 그리고 왕 서방이 연상되자 배꼽을 잡고 웃었던 기억도 내겐 잊지 못할 추억으로 남아있다.

고모가 도립병원에서 퇴원하여 집으로 오면 한동안 잠잠하다가 오디밭을 밤낮으로 몽롱한 눈빛으로 산책하면서 다시 입원해야 할 징조가 나타나곤 했었다.

요란한 비행기의 소음, 어수선하고 소란스러운 구두 발자국 소리, 눈알이 파랗고 코가 칼날처럼 뾰족한 군인들. 그 낯선 상황들을 이해 못 한 채로 고모가 군인들의 팔에 이끌려 어디론가 사라지던 장면이 가끔 사춘기의 내 꿈속을 들락거렸다.

'넌 뭐 좋은 거라고 그런 쓸데없는 것들을 하나같이 기억하고 있단 말이니.' 엄마는 내 궁금증을 피해 가려 했지만 한번 호기심이 발동하면 열어보지 않고는 견딜 수 없는 성격 때문에 엄마를 따라다니며 귀찮게 굴었다.

"남과 북이 냉전 이데올로기로 어수선하고 시국이 어지러울 때잖니. 용공 분자거나 행적이 수상한 자를 수색하다가 꽃봉오리 같은 여자를 보고 눈이 먼 미친놈들이지. 한창 피 끓는 젊은 군인들이 어디 분별이 있다든."

나는 그 대목에서 '그럼 고모가 그 군인들한테 윤간이라도 당했단 말이야'라고 묻고 싶은 걸 겨우 참고 있었는데 고모가 그 사건 이후로 정신이 좀 망가지기 시작했다는 말에 가슴이 철렁 내려앉았다.

'새야! 새야! 날아라! 오디밭에 앉지 마라! 오디꽃이 떨어지면 왕 서방이 울고 간다.' 그때는 노랫말의 의미를 모른 채 우는 고모가 가엾어서 손등으로 고모의 눈물을 닦아

122

주었던 희미했던 영상이 오늘따라 선명하게 뇌리에 달라붙는다.

　과거는 과거 혼자 존재할 수 없고, 현재라는 선물을 내게 안겨주었지만, 여느 소녀들처럼 미래를 꿈꾸는 중에 지난 일들은 자꾸만 내 발목을 붙잡았다.

　엄마가 없는 시간에 언제나 나는 무슨 새로운 일이 생기지 않을까 항상 가슴은 열려 있곤 했다. 그래서 미래를 미스터리라고 하나 보다. 여느 소녀들처럼 미래를 꿈꾸는 중에 지난 일들은 자꾸만 내 발목을 붙잡았다.

　인섭이가 그토록 아끼던 해피가 죽으면 어쩌나 눈에 밟히던 밤, 나는 할아버지 방을 지나 인섭의 방을 한동안 응시하다가 화장실 옆, 긴 마루방 앞에 섰다. 희미한 알전구가 켜져 있는 마루방에서 해피는 잠도 안 자고 깽깽거리며 눈에 빨간 불을 켠 채 온 마루방을 마치 달리기하듯 맴돌고 있었다. 식구들이 깰까 봐 깊은 밤, 나는 해피를 안고 관사를 빠져나왔다.

　숨이 턱에 차도록 해피를 안고 뛰었다. 야간 응급실이라도 찾아갈 작정이었다. 해피가 짖어대는 소리가 음산했다.

버드나무가 줄지어 서 있는 버스 정류소에서 잠시 숨을 골랐다. 정류장 오른편으로 저만치 담쟁이 넝쿨이 서로 등을 받쳐주며 기어오르는 창가에 희미한 새벽 불빛이 눈에 들어왔다. 동물병원이었다. 대학 안에 속해 있는 동물병원이었다. 검푸르게 멍든 인섭의 종아리가 눈에 밟혔다. 살다 보면 가끔 예기치 않은 행운이 기다리고 있다는 건 얼마나 기분 좋은 일인지 모른다. 행운의 불빛 따라 다급하게 문을 두드렸지만 아무리 기다려도 인기척이 없었다.

해피가 죽을 것 같아요. 의사 선생님 안 계신가요? 아무리 두드려도 반응이 없었다. 눈물이 글썽해서 해피를 안고 돌아서는데 눈앞에 누군가 서 있었다. 난 이곳을 도는 방범인데 한밤중에 무슨 일 입니까? 우리 해피가 아파서요. 꼭 치료받아야 하는데 의사 선생님 안 계신가 봐요. 안타까운 표정으로 방범을 쳐다보자 방범은 해피 눈을 한참 들여다보더니 홍역인 거 같은데요. 제가 강아지 길러봐서 잘 압니다. 홍역이요? 너무 놀라서 당황하는 사이 그만 해피를 떨어뜨렸다. 해피는 다리까지 다쳤는지 절뚝거리며 컹컹 짖어댔다.

아무 말 없이 낯선 방범과 이슥한 밤길을 걸어가고 있는 상황이 무척이나 불편스러웠다. 남자들은 모두 도둑놈이라던 엄마의 일침이 떠올랐다.

개새끼가 그렇게 대단한지 예전엔 미처 몰랐네. 내 어머닌 평생 심장병을 매달고 살았어도 병원 한번 못 모시고 갔는데 말이지. 방범이 비아냥거리더니 반응 없는 내가 무색했던지 휘파람을 불었다. 마술처럼 진눈깨비가 떨어져 내렸다. 차가운 눈발 하나가 어느새 내 얼굴에 떨어져 빗방울이 됐다. 집 가까이 왔을 때 인섭이 서성이는 모습이 보였다.

해피는 죽어 뽕밭 너머 자작나무 숲이 우거진 산속에 묻혔다.

이후로 나는 심한 생리통을 앓았다. 생리통을 앓는 동안 파란 낙엽처럼 기를 못 펴는 나를 데리고 산부인과를 찾은 엄마의 이마에 주름 하나가 더 늘었다.

"자궁 발육부전입니다. 호르몬 주사 치료가 가능합니다만 나중에 결혼해서 애 낳고 살다 보면 다 없어지는 병이니까 걱정마세요."

때 이른 호르몬 주사를 맞고 돌아온 그날 따뜻한 아랫목에 포근한 캐시밀론 이불을 덮고 엎드렸다. 마치 훔쳐 온 꿀단지를 몰래 배 아래 감추고 있는 듯 가슴은 두근거렸다. 따끈하게 아랫배가 달아오르자 꿀단지의 꿀을 탐내는 벌레들이 떼 지어 몰려와 내 아랫배에서 날갯짓하는 느낌이 들었다. 털실로 짠 긴 스웨터를 걸쳐 입고 나는 살그머니 방을 빠져나와 인섭의 방 앞에서 서성거렸지만, 방문을 두드리지 못했다.

나는 한동안 인섭의 방문을 두드리지 못했다. 해피가 죽고 나자 왠지 인섭과의 거리가 생겨났다.

할아버지의 목덜미에 새살이 돋아오른 오늘 나는 비로소 당근 주스를 들고 인섭의 방문 앞에 설레는 마음으로 섰다. 도대체 뭐가 은총이고 뭐가 죄라는 거야! 십자가 보혈의 피로 예수를 믿기만 하면 구원받는다고 정애네 엄마가 누누이 엄마한테 달콤한 혓바닥을 날름거렸지만, 엄마는 고개를 가로저었었지.

엄마! 믿음이란 용기가 아닐까? 용기란 우리들의 상식으로는 도저히 알 수 없는 온갖 신기한 비밀들을 가져다준다고 했어. 용기를 내어 인섭의 방문을 두드리려는데 문이 안으로부터 열렸다.

정인 누나가 내 방으로 걸어오는 발걸음 소리 나는 알아들을 수 있어. 누나의 숨소리도 들려! 인섭은 오랜만에 말문을 텄다. 당근 주스를 단숨에 마시고 난 후 그는 책상 위에 있는 조그마한 스케치북을 내 앞으로 내밀었다.

"와아! 그림이 정말 섬세하고 정직하고 날카로워. 예술이야."

인섭이 그린 누드화를 보고 사실 놀랐지만 아무렇지도 않은 듯 칭찬하자 인섭의 얼굴에 희망이라는 꽃이 피어났다. 누드화의 모델은 어딘지 나를 닮아있었다.

인섭이 먼저 손을 내민 것이다.

나는 낮 동안 내내 집 안 구석구석 먼지를 털어내고 목욕실에 던져진 때 묻은 옷가지들을 빨고 또 빨았다. 빨래를 마당 가에 널고 있는데 하늘이 잿빛으로 가라앉았다. 바람이 지랄 같게 불었다. 마당 가의 수탉이 놀라서 홰를 치며 도망가는 듯한 요란한 전화벨 소리가 안방에서 울렸다.

"정인아! 집에 별일 없는 거지? 아무래도 엄마가 병원에 좀 더 있어야 할 거 같다. 눈발이 마구 떨어지는데 할아버지 또 집 나가신다고 난리를 치는 거 아니니?"

"아냐 엄마! 오늘은 할아버지 정신이 내내 말짱해! 옛날 얘기도 해주셨어. 어쩌면 정말 할아버지가 궁내동에 땅을 사두셨던 건 아닐까? 제주도만 빼고 전국에 할아버지 이름이 새겨진 땅이 천지라고 하시던데 말이야."

"망령 난 할아버지 말 듣고 무슨 엉뚱한 생각을 하는 거야. 지금 그런 말, 들을 정신 아니다. 아무래도 고모가 오늘 밤을 넘기지 못할 거 같아. 고모가 자꾸 너를 찾는다. 할아버지가 또 일 저지를지 모르니 동생들한테 단단히 보살피라고 이르고 빨리 병원으로 와! 어제부터 음식을 거부하고 아세톤으로 내내 빨간 매니큐어만 지워달란다. 손톱이 숨을 쉬어야 한다나."

나는 수화기를 내려놓고 할아버지 방으로 들어섰다. 텔레비전은 그냥 켜놓은 채 죽은 듯이 누워있는 할아버지의 볼우물이 마치 식은 국화빵 같다. 머리맡 곰방대에 아직 담배이파리 타다 남은 불씨가 그대로 있었다. 친일 청산을 부르짖는 야당의 입김이 거세게 전국으로 번져나가고 있다는 뉴스가 흘러나오고 있었다.

머릿속은 온통 오늘 숨을 거둘지도 모른다는 고모 생각으로 가득했다. 아마도 고모는 다시 손톱에 봉숭아 물을 들이고 싶어서 나를 찾는지도 모른다고 생각하자 마음이 다급해졌다.

작은 새의 깃털 같은 눈발이 흩날리고 있었다.

나는 고모 손톱에 매니큐어를 지우고 숨 쉴 수 있도록

봉숭아 물을 이쁘게 들여주는 상상을 한다. 손톱도 숨을 쉰다고 했었지. 고모! 내가 갈 때까지 기다려줄 거죠? 꼭 들려주고 싶은 이야기가 있어. 애타는 목소리로 첫눈이 오는 길을 내달린다.

고모! 한낱 굼벵이가 할아버지 상처를 낫게 했단 말이야. 미물인 그것이 말이야 할아버지께 새 생명을 선물했단 말이야.

두 번째 서랍

1

신애는 삼십 대 초, 늦은 나이에 결혼해서 5년 만에 어렵사리 첫아들을 낳았다. 아들을 낳으면서 죽을 고비를 넘긴 그녀를 위하여 남편은 아들 하나로 만족한다며 영구피임 시술을 받았다.

아들이 다섯 살 되던 해 여름, 이유를 알 수 없는 열병으로 죽자 가정에 균열이 생겼다. 그녀는 우울증을 앓았다. 이제 더 이상 아이를 꿈꿀 수도 없었다. 아들이 병들어 죽은 것이 그녀의 잘못인 양 냉담한 표정으로 일에만 미쳐 있던 남편이 술에 취해 들어온 밤은 영락없이 짐승처럼 달려들었다.

신애는 술에 취해 몸을 섞는 일은 내키지 않았다. 이건 아냐. 아니란 말이야. 도대체 이런 섹스가 무슨 의미가 있는데? 그녀가 등을 돌리자 남편이 '당신은 섹스도 머리로 하니?'라며 팔로 내치는 바람에 침대에서 나동그라졌다. 종족 보존의 욕구를 채울 수 없어 그랬을까, 남편은 점차로 거칠어졌다.

권태롭고 우울한 나날이 이어지던 어느 날 이웃집에서 고사떡을 가져왔다. 고사떡을 먹고 헛구역질이 난 신애는 증세가 호전되지 않자 내과병원을 순례하며 심드렁한 나날을 보냈다. 신경이 너무 예민하시군요. 의사들은 병명이 안 나오면 그건 무조건 신경성 위장염이란다. 약을 먹고 음식조절을 했지만, 소화불량으로 위는 여전히 더부룩했다. 혹시 암인가? 그녀는 명의를 검색하여 종합병원 내과에 특별검진을 예약하고 마음을 달랬다.

의사는 신애의 아기 집 부근을 커다란 손으로 주물럭거리더니 마지막 생리를 언제 했느냐고 눈살을 좁혔다. 아기집에 뭔가 만져집니다. 의사는 우선 소변검사부터 해보자고 고개를 갸우뚱거렸다. 신애는 소스라치게 놀랐다. 아기집에 뭐가 만져진다뇨? 혹시 자궁에 종양이라도 생겼나요? 그녀의 예민한 반응에 의사는 일단 화장실에 가서 소변부터 받아오라고 사무적인 표정으로 그녀의 심기를 건드렸다.

임신입니다. 3개월쯤 되었군요. 소변검사에도 그렇게 나왔습니다. 산부인과로 돌려드릴 테니 그곳으로 가보세요. 의사는 서류를 작성한 후 다음 환자를 호명했다.

그럴 리가 없어요. 남편은 5년 전에 정관 시술받았다니까요. 억울하다는 듯 신애는 내과를 나와 산부인과에 들렀지만 임신 3개월이라는 확진이 나왔다. 어떤 문장으로도 설명할 수 없는 모호한 표정으로 그녀는 밤거리를 걷고 또 걸었다.

병원에서 돌아와 일주일쯤 지난 후 갈등 끝에 신애는 임신했다는 사실을 남편한테 털어놓고는 이내 후회했다.

"맨날 역마살 낀 년처럼 집구석에 없더니 나 모르게 연애질하고 돌아다녔어? 빨리 대답해. 나, 혈압 오르면 뇌진탕 일으켜 죽을지도 몰라. 당신 말이야, 남편 죽이려고 작정이라도 한 거야?"

남편은 하루도 거르지 않고 술을 사 들고 와서 술주정뱅이처럼 눈에 핏발을 세웠다. 지겨운 나날이 계속되었다. 나, 당신을 배신한 적 없어. 정말이야. 그녀의 말은 공허하게 메마른 공간을 떠다녔다.

어느 날, 신애는 마음속 노폐물을 씻어내고 싶어 사우나에서 목욕하고 소금 찜질방에 들어앉았다. 임신할 리가 없는데 임신이라니. 일단 확인은 해봐야지. 내키지 않았지만, 그녀는 남편이 정관 시술받았던 Z병원을 찾았다.

"드물게 백만 명의 한 명꼴로 꿰맨 시술이 풀리는 경우가 있긴 합니다. 남편 되시는 분 병원에 오시라고 하세요. 검사를 받아보면 오해가 풀릴 수가 있습니다. 정액검사에서 임신, 가능한 정충 수가 나오는지 확인할 수 있습니다."

신애는 인위적으로 막아도 뚫고 나오는 그 강한 생명력을 가진 존재에 대해 남편과는 별개로 끌렸다. 무슨 뜻이 있는 걸까. 애정 없이 서로 다른 곳을 바라보고 있는 권태로운 부부한테 하늘이 측은지심으로 선물을 내린 건가.

그녀는 마음을 돌이키려 했지만, 자신을 의심했던 남편을 받아들일 수 없었다. 임신이 사실이라면 아이를 지워버리고 싶다는 생각과 절대로 생명을 죽일 수 없다는 이면의 마음이 팽팽하게 맞섰다.

남편한테 병원에 가서 정액검사를 받으라고 말해볼까? 오해를 풀고 가정의 위기를 극복하든지 이혼하든지 선택해야만 했는데 선택을 하는 일이 몹시 어려웠다. 선택 장애가 생긴 것인가.

남편은 아예 아내가 없는 사람처럼 연구실에서 밤을 새

우고 일 중독자가 되었다. 시간이 흘렀다. 신애는 싱글맘이 될지언정 그와 헤어지고 싶어 이혼을 요구했지만, 그의 사전에 이혼은 없다며 죽어도 이혼하지 않을 것이며 숨을 다할 때까지 그녀를 괴롭힐 거라고 했다.

그녀 역시 혼자 사는 여자처럼 남편의 체온을 느끼지 못하는 나날이 이어졌다. 어느 밤, 잠이 올 거 같지 않아 포도주 한 잔을 마시고 침대에 널브러져 잠이 들었다.

다음 날 아침, 신애의 얼굴은 노란 찐빵처럼 부어올랐다. 너는 도대체 누구니? 누군데 그 편협한 남자한테 빌붙어 기생충 같은 삶을 사는 거니? 압박감이 명치를 짓눌렀다. 실컷 울고 나면 속이라도 시원할 텐데 눈물도 말라버린 건지 관자놀이만 전기가 오듯 조여들었다. 불면의 밤이 이어지면서 죽고 싶다는 마음이 끈질기게 달라붙었다.

신애는 죽음의 여러 방법에 골몰했다. 어느 책에선가 읽었던 다양한 죽음의 방법이 떠올랐지만, 어느 방법도 내키지 않았다. 그래. 그거야. 산이 좋아 산에서 남편을 만났다. 남편을 만났던 바로 그 오봉산으로 가자. 언제든 달빛이 내릴 즈음 검푸른 융단에 몸을 날려 흔적조차 남기지 말자. 왜 이제야 떠오르는 거지? 남편한테 복수하는 방법은 흔적을 남기지 않고 세상에서 사라지는 거라고 그녀는 단

정했다. 아내의 주검을 눈으로 확인할 수 없다면 그거야말
로 피를 말리는 일이 아니겠는가.

막상 이 세상에서 사라진다고 생각하자 신애는 두려움
이 밀려왔다. 남편을 만났던 특별한 날의 기억도 덩달아
밀려온다.

그해 여름, 직장에 휴가를 내고 혼자 산에 오른 서른 살
의 신애는 오봉산 3봉에서 밧줄 타기를 하려고 대기 중이
었다.

신애의 앞쪽에 서 있던 늙수그레한 중년 아줌마가 무슨
영문인지 갑자기 몸을 비틀거리며 뒷걸음을 치면서 썩은
나뭇가지를 붙잡는 바람에 산 계곡 아래로 순식간에 굴러
내렸다. 주위가 수런거렸다.

어쩌면 좋아요. 300미터는 더 구른 거 같은데. 뇌진탕
으로 죽었을지도 몰라요. 신애가 초조한 얼굴로 바로 뒤
에 서 있던 남자를 바라보자 이마를 찌푸린 남자가 잽싸게
119에 구조요청을 했다.

잠시 후, 헬리콥터가 떴다. 박쥐의 날개처럼 검은 나뭇
잎이 쏟아져 내렸다. 먼지와 바람을 동반한 낙엽 폭풍은
금세 그들을 날려 보낼 듯 휘몰아쳤다. 남자가 주홍색 손

수건을 헬리콥터를 향해 흔들어대는 순간 신애는 휘몰아치는 바람에 비탈진 언덕으로 떠밀리면서 바로 앞 나무 기둥을 죽어라 끌어안았다.

회오리바람이 지나갔다. 헬리콥터 소리도 잠잠해지고 잠시 후 신애가 눈을 떴다. 남자는 나무 기둥을 죽어라 끌어안고 있는, 그녀의 양팔을 놓칠세라 꽉 부여잡고 있었다.

낙엽 폭풍 속에서 운명처럼 만난 남자와 신애는 그날 이후 불꽃 튀는 연애를 했는데, 그는 신애가 다른 남자와 직업적인 일로 대화하는 것조차 질투했다.

하루는 그녀가 근무하고 있는 n은행에 그가 약속 없이 그녀를 만나러 온 적이 있었다. 옆 창구의 남자 직원이 무슨 서류를 들고 난감한 일이 있는 듯 신애와 머리를 맞대고 무슨 이야기를 하고 있었다. 저만치 대기실 소파에 앉아 바라보던 그의 눈에 파란 불꽃이 일었다. 그날 그는 죽일 듯이 그녀를 윽박질렀다. 어떤 날은 전화 통화 중에 바쁜 일이 생겨 전화를 끊게 되면 딴 남자가 생겼냐고, 배신자라며 술을 마시고 신애를 괴롭혔다. 사사건건 그런 일이 지속되면서 신애는 그와의 이별을 생각했지만, 고무줄처럼 질긴 인연은 쉽사리 끝나지 않았다.

성격이 운명을 만든다는 말이 생각난다. 그래! 누굴 원망할 거야, 선택 장애가 있는 자신을 원망해야지.

찢어지게 가난한 집안에 태어난 신애는 선천적인 장애가 있는 엄마를 도와 여고를 졸업한 후 농협에 취직해서 집안의 가장 노릇을 하며 중학생이던 남동생을 대학까지 보내느라 진이 빠질 대로 빠져 그 흔한 연애 한 번 못해보고 나이 서른을 맞이했다. 직장에서 돌아오면 장애가 있는 몸으로 구멍가게를 하는 엄마를 쉬게 하고 무거워지는 눈꺼풀을 밀어 올리며 밤늦도록 점원 노릇을 했다. 비닐 문 사이로 차바퀴 구르는 소리, 바람 소리에 나뭇잎 흔들리는 소리, 벌레 우는 소리도 간간이 들려오곤 했었다.

그때 생각했다. 생이란 왜 이리 불공평한가 하고. 태어나서부터 죽음을 향하여 가는 생이니 너 나 할 거 없이 슬픈 존재일 수밖에 없지만 소녀 가장이 된 신애로서는 바람 같은 아버지가 원망스러웠다. 조류독감이 번지던 해 양계장이 폐사되면서 술독에 빠져 살던 아버지는 어느 날 바람처럼 집을 나가 소식을 모른 채로 몇 년이 지나도록 돌아오지 않았다. 때로 아버지의 생사가 궁금했지만 먹고사는 명제 앞에 원래부터 아버지가 없는 가정처럼 생각이 들기도 했다.

오봉산이라도 올라 소리라도 질러 스트레스를 날려버리

고 싶어 오른 바로 그날 신애는 지금의 남편을 만난 것이다.

  김건모의 노래, 잘못된 만남이 전파상에서 흘러나오고
있었다.

  신애는 남편을 처음으로 만났던 오봉산에 올랐다. 보름
달이 환히 떠 있었다. 사람들이 삼삼오오 몰려다니며 수다
를 떨고 있었다. 술 취해 비틀거리는 무리도 있고 야간 데
이트를 하는 낭만적인 커플도 있었다. 아무 눈에도 뜨이
지 않는 곳을 찾아 산언덕을 오르고 또 올랐다. 드디어 운
명의 날이 왔다고 생각하자 오줌이 마려웠다. 풀밭에 앉아
오줌을 누는데 풀벌레가 엉덩이를 깨무는지 따끔거렸다.
소스라쳐 팬티를 올리고 풀밭을 쏘아보니 개미들이 바글
거렸다. 개미 떼가 집단으로 '뱃속의 생명이 너의 소유물
이니? 마치 그렇게 항변하는 듯했다.

  아가야, 나 같은 못난 엄마를 만나 이렇게 짧은 생을 사
는 것도 너의 운명인가 보다. 신애는 스스로 위로하며 알
맞게 살찐 보름달을 바라보았다.

  어서 뛰어내리란 말이야. 뭘 망설이는 거야? 달 속으로
빨려들 듯 신애가 숲속을 향해 뛰어내리려는 순간 누군가
그녀의 어깨를 낚아챘다.

오 신부였다. 보름 후에 있을 여름방학 청년회 수련회를 위한 기도 모임을 끝내고 몸을 단단히 다지려고 오봉산을 올랐던 그는 어둠 속에서 여자가 오줌 누는 소리를 들었다. 엉거주춤, 그녀의 형상은 뿔 달린 어두운 새를 닮았는데 너무도 고요해서일까, 여자의 오줌 소리는 오 신부한테 천둥처럼 울렸다.

당신이 누구길래 죽고 싶은 내 욕구를 무참히 꺾었느냐고, 신애가 항의하자 오 신부는 그녀의 등을 다독거리며 오늘은 아무 말도 하지 말고 집으로 돌아가 푹 쉬라고 했다. 날이 밝아도 여전히 죽고 싶은 생각이 들거든 성당으로 찾아오라는 말을 남기고 사라졌다.

이상했다. 누군가 몰래 감추어둔 보물을 우연히 발견한 것처럼 눈에 환한 전구가 켜졌다. 그에 대한 호기심으로 신애는 마음의 창이 조금 열렸다.

성당은 오봉산에서 그리 멀지 않은 아늑한 곳에 자리하고 있었다. 그녀는 홀로 산책하다가 때로 발돋움하고 성당 안을 들여다보는 일이 일과처럼 되었다.

인기척 없이 성당 안으로 들어와 오 신부가 강론하는 모습을 훔쳐보던 어느 날, 오 신부와 눈길이 맞닿았다. 가슴이 두근거렸다.

모두 돌아가고 호젓한 밤의 시간, 사제관 기도실에서 신애는 신부의 맞은편에 그림처럼 마주 앉았다.

"아직도 모르겠습니까? 같은 날 같은 시간 같은 장소에서 나와 만난 이유를 말입니다."

오 신부가 말했다.

"위로 차원으로 신의 가호가 내리신 걸까요? 제 모습이 절망적이라서요?"

절망이라니. 말도 안 되는 소리입니다. 마음이 오작동하고 있는 겁니다. 자매님한테 최악의 상황은 바로 갓난아기 때입니다. 온전히 무기력한 상태로 밥부터 똥까지 엄마의 신세를 져야 하니까요. 그때와 지금을 비교해보면 자매님은 결코 최악이 아니라 충분히 살 만하다 그겁니다.

신애는 억울한 듯싶으면서도 반박할 말이 떠오르지 않았다. 눈을 뜨고 있어도 눈을 감고 있어도 오 신부의 얼굴이 어른거려 위로받고 싶어 찾아왔는데 그는 냉담할 뿐이었다.

신부님! 인간은 사랑받기 위해 태어났다면서요? 저는 힘들어 죽겠어요. 이것이냐, 저것이냐를 선택하는 일이 너무 힘들어요. 신부님은 제가 여자로 보이지는 않을 거잖아요. 그냥 아빠처럼 한 번만 안아주시면 안 되나요?

그의 품은 아늑하고 편안했다. 그녀는 밤마다 오 신부의 품에 안기는 꿈을 꿨다. 배꼽 아래, 입술 산에 꿀벌들이 모여드는 감미로움도 마치 현실처럼 달라붙었다.

뱃속의 아가야, 너는 무슨 인연으로 나를 찾아온 거니? 좋은 인연이면 내게 오고 나쁜 인연이면 원래의 자리로 돌아갔으면 좋겠어. 마치 뱃속의 생명체를 마음대로 좌지우지할 수 있는 권리가 자신에게 있는 것처럼 신애는 중얼거렸다.

2

그날 밤, 잠이 오지 않아 거실 소파에 누워 텔레비전 리모컨을 눌렀을 때 운명의 비밀을 여는 열쇠. G타로연구소 소장 손종민의 강의가 열리고 있었다. 운명의 비밀은 무슨, 지나고 보면 운명이었어 라고 말하는 거지. 웃기지 마. 사기 치지 말라고 하면서도 신애는 타로, 강의하는 종민과 눈을 맞추고 있었다.

다음 날, 신애는 꿈속에서 본 듯한 육중한 G연구소 유리

144

문을 열고 들어섰다. 왼쪽 벽면에 '타로의 비밀'이라 적혀진 붉은 글자가 눈에 띈다. 붉은 화살표를 따라 이층 계단을 올랐다. 또각또각 구둣발 소리가 심란한 그녀의 마음을 다잡는다.

원장실 안으로 들어서는 순간, 우주의 비밀을 담고 있는 듯한 온갖 카드 속 그림들이 사방 벽에서 금방이라도 신애를 향해 튀어나올 기세다. 신비하면서도 왠지 공포가 묻어나는 분위기다. 신애의 눈이 잠깐 일렁인다. 김신애 씨죠? 원장인 종민은 그녀를 향해 웃음기 어린 눈인사를 건넨 후 수제자이자 비서인 반야를 향해 눈짓한다.

이리로 오시죠. 반야가 사방이 카드 그림과 책으로 둘러싸인 공간을 지나 왼쪽으로 접어들었다. 두 번째 상담실 앞에 선 반야는 천사의 날개 품 아래 벌거벗은 남녀가 다정하게 손잡고 있는, 연인 카드가 걸린 문을 열고 그곳으로 신애를 안내했다.

그동안 원장인 종민은 실내 화장실 안에서 거울을 보며 머리를 빗고 옷매무시를 가다듬는다. 거울 속 그의 표정은 여느 때보다 순전하고 엄숙하다. 종민은 잠시 묵상을 한 후 손님이 기다리는 상담실로 향하면서 마음을 비운다. 하지만 비우는 순간 차오르는 게 인간의 감정이다. 우주의 비밀을 내담자한테 매개하는 타로 마스터의 신분임에도 불구하고 그에게 잡념이 끼어들었다.

이마 아래 눈 그늘만 없다면 꽤 괜찮은 느낌의 여자다. 전화로 예약받았을 때의 목소리도 담백하고 밝았던 걸로 기억한다. 소리에 대해 민감한 종민은 내담자의 목소리만 들어도 대강 그 사람의 이력을 감지할 수 있었다.

직사각형 테이블에는 나뭇잎 무늬로 테두리 친 갈색 스프레드가 덮여있다. 맞은편 의자에 신애는 다소곳이 앉아 있었다. 반야 비서가 마테차 두 잔을 내왔다.

먼저 차를 드시고 차분한 마음으로 기다리시면 원장님이 나오실 겁니다. 반야가 힐끗 신애를 훑어 내린다. 반야의 인상은 미간 사이가 좁고 양쪽으로 곤충의 더듬이가 뻗친 걸로 봐서 꽤 예민하고 신경질적으로 보인다.

신애는 길게 숨을 들이쉬고는 숨을 배꼽 아래 단전에 모았다. 모았던 숨을 천천히 입으로 내쉬는데 종민이 눈가에 웃음기를 담고 들어선다.

한증막처럼 덥더니 이제 좀 살 만하죠? 김신애 씨! 타로 상담은 처음이십니까? 종민의 스스럼없는 말에 신애는 잠시 종민의 눈을 바라보다 말없이 고개를 끄덕였다.

"김신애 씨! 지금 가장 절실한 게 무엇인가요?"

"제가 앞으로 임신을 할 수 있을까 해서요."

엄숙한 표정으로 78장의 카드(메이저, 코트, 마이너)를 아우르던 그는 카드를 모아서 테이블 한쪽에 놓고 그녀의 왼손을 카드 위에 올려놓도록 했다. 그녀가 자기 왼손을 카드 위에 살포시 올려놓자 종민 역시 크고 두둑한 그의 왼손을 신애의 손등 위에 감싸듯 올려놓았다.

"임신을 혹시 못하게 될까 봐 걱정이 있으시군요?"

신애를 바라보던 종민은 손을 내려놓고 78장의 카드를 스프레드 위에 반원형을 그리듯 펼쳤다. 손톱만큼의 오차도 없이 고른 간격으로 78장의 카드가 정교한 부챗살처럼 내려앉았다.

신애는 빗살 같은 속눈썹을 내리깔았다. 종민은 더없이 따뜻한 눈길로 그녀를 응시한다. 그녀의 이미지나 행위로 봐서 우주를 구성하는 4가지 원소인 물, 불, 흙, 공기 중에서 물에 해당하는 상징물, 컵이 떠오른다.

타로를 읽는 데 있어 컵은 인간의 감정을 다루고 여성의 자궁을 상징하기도 한다. 불임녀의 내면에 무슨 비밀이 있으려나, 심상치 않게 그의 촉이 발동한다.

자아 그럼 집중하시고 카드를 한 장 뽑아주세요. 종민은 표정을 가다듬으며 말했다.

눈을 뜬 신애는 펼쳐진 카드의 한가운데로 손을 뻗어 카드 한 장을 빼낸다. 신애는 메이저 2번, 여사제 카드를 뽑았다. 우아하고 도도한 표정의 여사제 손에는 신의 경전인 토라가 들려있었다.

역시나. 종민은 속마음을 숨긴 채 말했다. 임신할 수 있습니다. 일단 그녀가 원하는 건 임신을 할 수 있는지 없는지를 묻는 거니까 군살을 덧붙일 필요는 없었다.

신애의 눈가에 잔잔한 파문이 일었다. 제가 이상한 여자로 보이나요? 신애는 묻지도 않은 말을 하며 종민의 눈을 뚫어져라 바라보았다. 방어벽을 치는 건가? 어쩌면 그녀는 진실이 아닌 거짓말을 하고 있는지도 모른다.

김신애. 예사롭지 않은 내담자라는 촉이 또다시 번개처럼 스치는 순간이다.

수레가 가지 않을 때는 수레를 때려야 하나 소를 때려야 하나, 그게 문제란 말이죠. 느닷없이 속엣말이 생뚱맞게 튀어나왔다. 신애는 갈등하고 있는 마음을 자신도 모르게 뱉어놓고는 묘한 웃음을 웃는다.

저 웃음의 의미는 뭐지? 종민이 긴장한다. 그가 문장 안에 숨은 뜻을 헤아리는 사이 그녀의 눈에 눈물이 차올랐다. 순간, 우주의 기운이 알아차리고 다행스럽게도 다음 문장을 떠올려주었다.

삶을 왜 고해라고 했을까요? 수레 끌고 끝도 없는 산을 오르니 피눈물이 방울방울, 아직도 멈추지 않고 있군요. 사는 게 참 힘들죠?

잠시만요. 폰을 끌게요. 긴장한 낯빛이 역력한 신애가 숄더백에서 핸드폰을 꺼내 무음으로 처리한다.

"긴장하지 마시고 마음을 편하게 하면 됩니다."

종민은 부드럽고 자애로운 눈빛으로 테이블 위 휴지통을 그녀의 코앞으로 디밀었다. 신애의 눈에 갈증이 담겨 있다. 그녀는 휴지를 빼내 안경을 들어 올리고 눈물을 찍어낸 후 엉덩이를 한번 들썩이고는 의자를 끌어당겨 앉았다.

운명인가 봐요. 그를 만난 건. 그녀의 입에서 저절로 사연이 흘러나올 참이다. 운명의 비밀을 여는 열쇠를 주실 건가요? 며칠 전 방송에서 원장님 타로 강의를 듣고 그냥 대화가 하고 싶어 왔어요.

가슴에 담아두기에 힘든 고민이 있으신 겁니까? 무게를 좀 덜어내고 싶은 거죠? 그 심정 이해합니다. 종민은 흩어져 있는 78장의 카드를 다시 손에 쥐고 아우르다 신기한 책을 읽듯 그녀를 보았다.

자아 그럼 현재 떠오르는 상대를 생각하며 한 장 더 뽑아보시겠습니까? 신애는 눈을 감은 채 이번에는 정중앙에서 조금 비켜난 카드를 뽑는다. 메이저 9번 은둔자 카드가 나왔다. 성직자 혹은 순례자로 보이는 남자가 모자가 달린 잿빛 옷을 길게 늘어뜨리고 등불을 켜 든 채 고개를 숙이고 있다.

은둔자 카드는 탐구, 완성, 고립, 외골수, 집착이 키워드다. 그녀가 맨 처음 뽑은 2번 여사제 카드는 1 플러스 1, 관계가 성립되는 카드. 당연히 둘 사이에 법칙이 생겨난다. 그녀는 원래 감성이 풍부한 여자지만 신의 경전인 토라를 안고 있으니 아마도 여성성을 함부로 드러내지 못하는 성격일 것이다. 희고 푸른, 여사제가 걸친 긴 옷자락 끄트머리에 여성성을 상징하는 그믐달이 애잔하게 걸려있다.

그녀의 남편인, 혹은 애인은 외골수고 일 중독자일 가능성이 컸다. 촉이 빠른 종민의 눈앞으로 그녀의 과거와 현재, 미래가 어슷비슷한 키 재기를 하고 있었다. 그녀의 남편은 술과 연구밖에 모르고 가정일에는 담을 쌓고 사는 사람일 가능성이 크다.

지나온 삶을 생각하며 한 장, 그리고 미래를 생각하며 또 한 장을 더 뽑아보시죠. 이번에는 마이너 카드인 검 2,

메이저 13번, 죽음 카드를 뽑았다. 죽음 카드가 나오자 신애의 눈가에 파문이 인다.

종민이 테이블에 달린 벨을 눌러 반야를 호출해 커피 두 잔을 더 주문하는 순간, 신애가 손사래 친다.

"커피는 독약 같아서 싫어요. 마테차를 한 잔 더 주세요."

이마 아래 서늘한 눈 그늘이 그녀의 비밀인 양 내려앉았다.

이미 말씀드렸듯이 김신애 씨는 임신할 수는 있습니다. 결혼이 늦었나 봅니다. 요즈음 갈등이 심하시군요. 말끝에 종민은 마이너 카드인 검2를 그녀 앞으로 내밀었다. 미끼를 던진 셈이다. 다 뽑지 못한 검 두 자루를 그림 속 여자가 가슴에 엇갈려 얹어놓고 있는 카드다. 이러지도 저러지도 못하고 갈등하고 있는 여자다.

그녀가 오직 임신할 수 있는지 없는지를 알기 위하여 이곳에 온 것은 아닐 거라는 직관이 번개처럼 스치는 순간, 그녀가 갑자기 고개를 숙이더니 두 손으로 얼굴을 가리고 흐느낀다. 그녀의 흐느끼는 소리는 종민의 심장을 이상하게 건드렸다. 극도의 긴장감으로 그의 뒷덜미가 뻣뻣해졌다. 그는 반야를 호출하여 심신을 가라앉히는 로즈마리 차를 주문했다.

3

어떤 인연이 다가온 데는 분명 우주의 뜻이 담겨 있다는 건 단지 예지자의 관점일까? 잠시 멍 때리는 눈빛으로 한동안 천정을 바라보던 종민은 눈길을 돌려 의혹의 눈초리를 풀지 못한 채 그녀를 향해 말했다.

"이미 답은 김신애 씨 마음속에 있습니다. 타로는 답을 알려주지는 않습니다. 오늘은 그만 돌아가시고 일주일쯤 지난 후 다시 한번 오세요. 풀리지 않는 걱정거리, 두 번째 서랍에 넣어두었다가 일주일 후에 다시 끄집어내 보십쇼. 그래도 불안심리가 있으면 다시 절 찾아오세요. 용기를 내시기 바랍니다."

신애는 조금 진정이 되는 것 같았다. 손거울을 끄집어내 눈물이 얼룩진 얼굴을 살짝 매만졌다. 한 치 앞을 모르는데 일주일 후를 어떻게 약속하죠? 오늘이 마지막 날이 될지도 모른다는 생각으로 신애의 마음은 안달이 났다.

물안개 너머 울려 나오는 맑고 정다운 목소리, 그녀의

목소리에는 약간의 바이브레이션을 담아 상대에게 자장을 보내는 깊은 울림이 있었다.

남편하고 헤어지게 될까요? 종민의 눈을 뚫어져라 응시하던 그녀의 얼음덩이 같은 차가운 눈망울이 흔들린다.

그녀가 마지막으로 뽑은 메이저 7번 미완의 수, 7 전차 카드의 주인공은 그녀일 수도 있고 그녀의 남편일 수도 있다. 카드의 주인공은 이인 자로서 경쟁자와 싸울 준비가 되어있다. 싸움 외에는 다른 방법이 없는 것이다.

종민은 요의를 느꼈다. 그녀가 배신의 아이콘이 아니라면 남편의 아이를 임신한 게 맞을 텐데. 처음에 왜 임신할 수 있느냐고 물었던 거지? 원장은 고개를 갸우뚱하며 겨드랑이에 팔짱을 낀 채로 낮은 목소리로 말했다.

"김신애 씨는 지금 남편을 만나서는 안 될 악연이었다고 말하고 싶은 겁니까? 왜 상대의 마음을 이해하려고 노력하지 않습니까?"

"오래전부터 이혼을 꿈꿨어요. 우린 서로 잘못 만났다고 생각했거든요."

종민은 양팔을 겨드랑이에 낀 채 진지한 눈빛으로 그녀를 바라본다.

"아 배고파요. 손 원장님! 정성껏 상담해주셔서 저녁 식사 대접하고 싶은데요."

몸과 마음에 잔뜩 쌓인 노폐물을 다 쏟아낸 느낌으로 그녀는 종민의 눈을 바라보았다. 처음 원장실로 들어섰을 때의 두려움이 슬며시 물러나고 있었다.

4

둘은 사무실 근처 낙지 전문 식당에서 투명한 소주잔을 마주쳤다. 딱 한 잔만 마셔도 되죠? 뒤돌아보면 지나온 발자국 꿈만 같아요. 일장춘몽. 조신의 꿈이라는 소설, 생각나요. 원장님의 청춘 시절 꿈은 뭐였어요? 종민은 신애의 말에 말없이 그냥 웃었다.

원장님은 언제부터 타로 연구에 심취하셨나요? 대학을 졸업하고 군에 다녀와 심층수 사업을 하다 실패했죠. 부도내고 도망 다닐 무렵 암자에서 만난 보살이 반야였어요. 지금까지 도반으로 같은 길을 가고 있는 셈이죠.

그렇군요. 원장님은 무슨 별자리를 타고 나셨나요? 그녀가 의미 담긴 눈빛으로 물었다. 처녀자리요. 처녀자리? 제 남편도 처녀자린데.

"김신애 씨도 별자리에 관심이 대단하네요."

"별은 우주의 기원이니까요. 이상하게 마음이 좀 가벼워졌어요. 세상에 태어나 부부로 인연 맺어지는 건 억겁의 인연이라죠? 억겁. 상상을 불허하는 수의 조합으로 만나진 인연. 오늘이 제가 자리 찾기 하는 날인가 봐요."

그녀는 머쓱한 듯 가방에서 손거울을 꺼내 들여다본다. 빨간 고추장 얼룩이 입가에 묻어있다. 허겁지겁 먹은 탓이다. 물수건으로 입가를 닦아내고 환하게 웃는다. 신애를 마주 보던 종민도 착잡한 심정이었지만 포커페이스답게 더없이 따뜻한 눈빛으로 웃는다.

거울 속의 앞모습보다는 뒷모습을 볼 줄 알아야 성숙한 사람이겠죠? 거울 속에 보이는 나도 실은 실체가 아니고 허상이잖아요. 거울을 보면서 늘 생각해요. 눈에 보이는 것과 보이지 않는 것에 대해서.

그동안 고난의 시간을 열심히 견디어냈으니 앞으론 좋은 일만 있을 겁니다. 부드럽고 따뜻한 원장의 말 한마디에 그녀는 어둡고 깊은 터널을 빠져나와 환한 빛무리를 본 듯 눈이 부셨다.

죽음 카드라고 실제 죽음을 뜻하는 것은 아닙니다. 죽음은 끝이 아니고 새로운 시작을 의미한다는 점에서 새 출발의 긍정을 담고도 있죠. 원장은 마치 오빠처럼 다짐하듯 말했다.

"남편과 이혼은 어렵다는 뜻이죠?"

"오늘 밤 고백하세요. 분명 당신의 아이를 가졌다고. 남편 분도 상실감이 클 겁니다. 일 중독에 걸린 사람 대부분이 상실감으로 힘들어하죠. 일에 집중할 때는 다 잊어버리거든요."

만약에 원장님은 지금 타로 마스터가 되지 않았다면 무슨 일하고 계실 거 같아요? 호기심 어린 신애의 말에 종민은 주저 없이 고대 역사탐험가요, 라고 말했다.

그런가요? H 탐험가가 쓴 여행기를 읽은 적이 있어요. 아프리카에서 봉사활동을 하던 어느 깜깜한 밤, 오지에서 근무하는 흑인 의사와 마주 앉았더래요. 낯빛이 너무 까매서 얼굴은 안 보이고 하얀 이빨만 보여서 섬뜩했대요. 궁금해서 물었대요. 당신은 학벌도 좋고 인물도 좋고 재력도 있는데 왜 이런 오지에서 고생하느냐고 물었더니 그가 뭐라고 답했는지 알아요?

"뭐라고 했죠?"

지금 하는 일이 오직 내 가슴을 뛰게 하는 일이기 때문입니다, 라고 했대요. 저도 앞으로 남은 시간, 가슴 뛰는 일을 하며 살고 싶어요.

6

식당 주인이 갑자기 텔레비전 볼륨을 올리는 바람에 둘의 대화가 끊겼다. 진보냐, 보수냐, 좌파냐, 우파냐, 진영논리로 나라가 둘로 분열되었다고 앵커는 입에 나팔을 매달았다. 한쪽은 선거법 개정이 시급하다고 했고 다른 한쪽은 선거법 개정은 나라가 망하는 징조라고 했다. 둘의 나팔은 소리는 물론 모양새도 극에서 극이었다.

개인이나 국가나 이것이냐 저것이냐를 선택하는 일은 마찬가지로 어려운 문제네요.

그녀의 말에 종민은 한동안 골똘히 생각에 잠겼다. 변신

을 두려워하면 새로움과 만날 수 없는 건 맞습니다. 선택
은 필수죠. 선택은 필수 맞아요. 그의 말에 신애는 맞장구
치며 연신 시계를 보더니 미로를 찾은 듯 일어선다.

생기를 되찾은 얼굴로 식당 지하 주차장으로 들어간 그
녀는 잠시 후 지하 주차장에서 눈부시게 하얀 승용차를 타
고 나왔다. 승용차 앞문 유리창 너머 그녀의 얼굴에 눈 그
늘이 조금 지워진 듯했다.

그녀가 창을 열고 말했다. 운명의 비밀을 여는 열쇠를
잃어버리면 찾으러 또 올지도 몰라요. 그녀의 말에 원장
은 세상을 다 살아본 듯한 얼굴로 말했다. 김신애 씨를 이
곳에서 다시 보고 싶지 않습니다. 시간이 답입니다. 더불어
원장은 시간은 행성의 위치를 말한다고 했다. 시간은 행성
의 위치를 말한다는 걸 오롯이 이해할 수는 없지만, 신애
는 자연의 순환을 거스를 수 없는 운명처럼 받아들여 여기
까지 온 것이라는 생각이 들었다.

그녀가 모호한 표정으로 웃으며 힘차게 차에 시동을 걸
었다.

호기롭게 인생이라는 숲으로 들어가 도끼로 인간이라는
나무 하나 찍고 나니 죽을 때가 되었더랍니다. 원장의 숙

연한 말이 귓가에 달라붙었다.

〈ps〉

　매일 아침 사무실로 출근하기 전, 종민은 두 장의 카드를 뽑는다. 자기 현재의 마음 상태와 하루를 축복하는 마음으로 습관처럼 타로점을 치고 나온다.

　그도 신애가 뽑았던 카드, 미완의 수, 메이저 7번과 죽음 카드 13번을 뽑았다. 참으로 기이한 우주의 비밀인가? 알 수 없는 일이다. 이 세상에는 얼마나 많은 알 수 없는 일들이 존재하는가. 정말 모르겠다. 그토록 많은 인간이 우주의 비밀을 캐내려 했지만 실은 아무도 모른 채 죽었다. 아니, 죽었다기보다 밤하늘의 별이 되었다는 문장이 훨씬 마음에 든다. 사무실 셔터를 내리고 바바리 깃을 올리는 순간 종민의 눈앞으로 메이저 17번, 별 카드가 떠오른다.

　벌거벗은 순수의 여자가 한 발은 호숫가에 담그고 한 발은 아름다운 땅의 정원에 딛고 성스러운 손으로 물을 뿌리는 그림이다. 이건 또 무슨 암시인가? 별 카드의 키워드가 떠오른다. 희망과 더불어 새로운 시작을 알리는 조짐인가.

바람의 발자국, B

얼마쯤 시간이 흘렀을까, 잠들지 못한 바람인지 감미로운 댄스의 여운이 내 감각을 일깨운 것인가. 게르 안, 차가운 흙바닥의 기운이 발바닥을 기어오르는 바람에 잠에서 깨어났다. 소변이 마려웠다. 어둠 속을 더듬어 가방을 열고 핸드폰 폴더를 열었다. 지쳐있는 두 작가를 깨우지 않기 위해 살그머니 몸을 일으켜 슬리퍼를 꿰신고 더듬거리며 발길을 옮겼다. 순간 등허리에 젖어 드는 냉기에 소름이 오싹 돋았다.

게르 문을 살며시 열고 나왔다. 건조한 풀잎마다 이슬이 내려 축축한 밤이다. 캄캄한 밤에 해우소까지 가려니 너무도 적막하여 무섭기도 하고 멀기도 했다. 게르 뒤편에 쪼그리고 앉아 볼일을 보는데 가시풀에 찔렸는지 엉덩이가 따끔거렸다. 후다닥, 마무리하고 일어서는데 어머나! 세상에, 하늘이 온통 별천지다. 한겨울, 성에 낀 유리창에 난 눈

꽃무늬처럼 보이는 별들이 하늘 전체를 뒤덮고 있었다. 환상이었다. 별들이 가장 치열한 시간인 모양이다. 동서남북으로 몸을 움직여 봐도 온통 더없이 둥근 원의 자유로움은 경이로움, 그 자체였다. 우주의 한가운데 서 있다는 느낌 때문에 나는 몸을 떨었다.

깊이 잠들지 못한 두 작가의 기침 소리, 코 고는 소리가 간헐적으로 들려왔다. 나 역시 잠들지 못하고 있었다. '강한 정신의 용감한 남자'라는 뜻의 이름을 가진 몽골 시인이 감은 눈 속에서 내게 팔을 뻗고 있었다. 가슴이 팔랑거렸다. 그때 인기척이 났다. 게르 문이 바람처럼 열리고 어둠 속으로 단단한 체구의 유목민이 말똥 한 자루를 짊어지고 들어섰다. 나는 감은 듯 뜬 눈으로 남자가 한쪽 무릎을 구부리고 앉는 모습을 보고 깜짝 놀랐다. 체구도 눈빛도 몽골 시인 B와 닮아있었다.

남자가 말똥을 난로에 던져 넣으며 꺼져가는 불티를 살려내는 모습을 한순간도 놓치지 않고 바라보았다. 꺼져가던 불티가 살아나는 것인가, 차갑던 등허리로, 발바닥으로 온기가 스멀거렸다. 마치 성스러운 의식을 치르는 듯 고요하게 숨소리조차 내지 않는 남자의 엄숙함을 헤집어놓고 싶은 욕구가 들끓었다.

환영파티에서 처음 몽골 시인 B와 춤을 추었을 때 포근하고 감미롭게 내 몸을 연주하는 듯한 느낌이 온몸으로 번졌었다. 그의 시가 아슴아슴 떠오른다.

나뭇잎에 하는 말

강가에서 그대가 그리울 때
예쁜 붉은 잎을 떠나보내어
나보다 먼 곳에 있는 너를 향해
가을을 전해주려 서둘러 갔다.

〈중략〉

상처받은 가슴이 어떻게 앓는가를
붉은 나뭇잎이여
네가 말할 수 있다고 하면
슬픈 가을을 가져가거라.

(몽골 시인, B)

'상처받은 그의 영혼이 대평원을 유랑하고 있구나. 가슴에 그리움 하나 심고 있으니 시인이 되었구나.' 생각에 잠겨있는 동안 난로 속에 던져진 말똥들은 나뭇가지와 엉켜지면서 활활 붉게 타올랐다. 청홍의 깃발이 나부낀다. 해와 달 그리고 우주를 상징하는 모든 대자연의 기호들이 격렬한 숨소리를 내뿜었다.

게르 안에 따뜻한 기운이 감돌자 그가 수컷 말이 돼, 갈기를 세운다. 감은 듯 뜨고 있는 내 눈을 그도 눈치채고 있었던가? 수컷 말의 꼬리가 찰랑찰랑 매력적으로 움직이며 다가온다. 나는 기꺼이 암말이 되어 춤을 춘다. 원초적 춤이 첫사랑의 애달픔이 되어 자연의 풀밭을 뒹굴고 있다. 허울을 벗어버려라. 문명의 이기도 내쳐버려라. 기침 소리와 코 고는 소리는 원초적 사랑에 아무런 걸림돌이 되지 않았다. 우리는 하나가 되었다. 별천지의 조각난 하늘이 투명한 유리창 너머 고요하게 외롭다.

한·몽의 남녀는 게르 밖으로 나와 노란 나비 한 쌍이 되어 돈드고비 사막을 슬로비디오처럼 날아올랐다.

둘째 날 새벽, 환상에서 깨어났을 때 현실의 종소리가 차갑게 울렸다. 허망했다.

하루에도 몇 번씩 틈만 나면 일터에서 전화하곤 하던, 남편의 잔소리도 듣지 않아 좋았다. 아들의 과대한 욕망도 눈앞에 보지 않으니 천국이다. 핸드폰이 공포의 기계처럼 느껴지기도 했었는데 이곳에서의 핸드폰은 마냥 한가하고 사랑스럽기까지 하다. 외국 여행 중에 로밍해 놓으면 전화 요금 바가지 쓴다기에 일체 데이터는 잠가놓고 핸드폰은 사진만 찍는 역할로 끝났다.

온갖 총천연색 상상력이 동원된다. 남편이 나 없는 동안 혹시 심근경색으로 갑자기 쓰러지면 어쩌지? 늘 왼편 가슴을 두드리고 통증을 호소했으니까. 아들과 며느리가 서로 평행선을 달리고 있으니 혹시 깨지는 건 아닐까? 서로 잘났다고 한 치의 양보도 없이 나팔을 불어대고 있으니 말이다.

몽골에서 돌아가면 가족들한테 말해줘야겠다. 낙타의 굴욕에 대해서. 인생이라는 사막을 건너는 동안 낙타는 수없이 많은 가시풀에 찔리면서도 아프다고 소리치지 않고 먼데 하늘을 고요하게 바라본다. 바로 그 눈빛에 대해 말해줄 거다. 멀리 떠나와 있어도 끊임없이 달라붙는 가족이라는 끈끈이 풀, 끈끈이 풀에도 가시풀 속 마약 성분이 동굴 깊숙이 달라붙어 있는 것인지도 모른다.

기사가 잠시 차를 세웠다. 승합차 안으로 들어오는 모래
먼지바람을 막으려고 마른 휴지에 물을 적셔 틈새를 막는
다고 난리였다. 십 년 전이나 교통편은 별반 달라진 게 없
었다. 아니면 일부러 고통을 체험하게 하려는 의도였을까?
하지만 울란바토르시는 십 년 전에 비해 너무 달라져 있었
다. 공산주의 국가에서 문명의 이기를 받아들이고 민주화
의 바통을 쥐기 시작했는가. 칭기즈칸 동상 주변에는 어마
어마한 높이의 빌딩들이 줄줄이 들어섰다. 그곳에서 우연
히 만난 한국의 박 사장은 승강기와 엘리베이터 사업을 울
란바토르에 펼쳐 수평의 대평원에 수직적인 사고의 기틀
을 마련했다고 활짝 웃었다. 서울의 거리도 생겨나고. 정자
도 고층빌딩도 현대적 백화점 상가도 화려하게 손짓하고
있지만 우리가 주로 머물렀던 돈드 고비 사막 유목민들이
사는 게르 지역은 절대고독이 느껴지는 원시의 초연함이
그대로 남아있어 신비로웠다.

셋째 날.

돈드고비 아이 막 어쉬망항으로 가서 위령제에 참여하
고 몽골의 제일 큰 축제인 나담을 관람하는 날이다.

돌무더기 한가운데 파랑 빨강 노랑 하양 헝겊들이 긴 막

대에 감겨 나부낀다. 승합차를 타고 달리면서 발견한 어워는 우리 토속문화의 서낭당과 닮아있어 익숙함으로 친근하게 다가온다.

어쉬망항, 무너진 옛 절터에 도착하자 헛되고 헛되도다, 라는 글귀가 생각난다. 지금까지 살아온 내 생의 발자취도 단지 허망한 것인가? 아니야 단지 허망한 건 아니야. 남아 있는 생을 위한 디딤돌이 될 것인데 무슨 걱정이람. 나는 깊은숨을 들이마시고 천천히 내뿜었다.

저만치 붉은색과 갈색을 매치시킨 장삼 자락을 늘어뜨린 스님이 먼저 법문을 암송한다. 제물로 바친 쌀알들과 마유주를 굳혀서 만든 과자를 조금씩 떼 내어 가부좌한 자세로 앉아 제에 참여한 중생들한테 나눠준 다음 향초를 피워 상대에게 복의 기운이 건너가길 소원하는 몸짓, 손짓이 정겨웠다. 스님의 행위를 따라 하면서 내 마음에 환한 전구가 켜졌다.

어워제가 끝난 후 몽골의 최고 밴드 전설 팀의 전설이라는 곡을 마두금으로 연주할 때 눈물이 났다. 음악은, 노래는, 하늘로부터 내려오는 것, 오랜 역사의 풍화작용에도 아직 남아있는 옛 절터에서 칭기즈칸의 정신을 그리워하는가, 마두금으로 연주하는 예술가의 표정은 자못 진지하고 슬프도록 아름다웠다.

저녁 무렵, 돈드고비 아이막 게르에 도착하여 여장을 풀고 자유롭게 산책하며 경치도 구경한 후 나담 축제를 보기 위해 버스로 한 시간 남짓 걸리는 어덜뜨로 떠났다. 나담은 지방 축제라서 소박했지만 정겨웠다. 모래와 자디잔 돌과 드문드문 마른 풀들이 있는 대평원의 원형경기장 같은 곳이다. 동서남북 아무리 몸을 틀어 봐도 막힌 공간은 없다. 끝없이 트여있는 대평원이다.

갑자기 복통이 일어나 화장실을 찾는데 둘러보아도 간이 화장실도 안 보인다. 풀숲 뒤에 가서 적당히 볼일 보고 돌무덤으로 가리라는 유목민의 말을 듣고 어이가 없었다. 확 트여있는 대평원에서 난쟁이 풀숲이라 훤히 보일 텐데. 그래도 생리작용은 어쩔 수가 없었다. 잰걸음으로 달려가 볼일을 보고 재빠르게 뒤처리하고 원형경기장 부근으로 달려오는 발걸음에 오토바이를 매달았다.

저만치 7세 정도의 유목민 소년들이 줄지어 거친 모래바람을 가르고 미친 듯이 달려온다. 그 작은 몸으로 20킬로를 달려오는 것이라니. 어린 칭기즈칸이 되는 일이란 얼마나 대단한 일이던가? 그만큼 힘든 일이니, 도전해볼 가치가 있는 거 아닐까? 일등으로 들어오는 어린 칭기즈칸의 얼굴에 마치 붉은 해가 솟아오르는 듯 흥분이 어려 있다. 주황색 티를 입은 소년이 꼴찌로 들어오면서 눈물을 글썽인다. 아비인 듯 할아비인 듯 보이는 노인네가 다가가 말의 고삐를 잡아 영광의 뒤 그늘로 사라지고 있는 모습을 놓치지 않고 카메라에 담았다.

말 갈퀴가 휘날리고 말발굽은 천지를 뒤흔들었다. 저리 비켜라. 내가 우주의 주인이다. 소년의 머리 위에 돈드고비 부족장 어른이 건네는 칭기즈칸 왕관이 씌워졌다. 소년의 눈빛은 사막의 환희로 빛났다. 꿈을 가진 자의 기쁨과 자신감이 넘치는 표정이다. 반면에 꼴등인 소년의 표정이 상실감으로 어둡다. 문득 꼴찌에게 보내는 갈채라는 글이 생각난다. 나는 꼴찌 소년을 향하여 다정한 눈빛으로 손을 흔들었다.

공부하고는 담을 쌓고 제멋대로 하고 싶은 일만 탐내던 아들이 사춘기를 겪으면서 꼴등을 한 적이 있었다. 와아! 위대하다. 꼴등 하기가 일등 하기보다 어렵다며 아들의 등을 좀 아프게 두드려댔을 때 아들이 뻘쭘해서 웃던 기억이 난다. 대학은 아예 꿈도 못 꾸던 아들이 뜻밖에도 특채로 S대학에 입학하고 무사히 졸업하고 대형 의료기 회사에 취업이 되었을 때 꿈만 같았다. 그래! 다 살기 마련이야. 남편과 더불어 흐뭇해 있을 즈음 아들이 다니던 의료기 회사는 유망한 회사로 상장을 앞두고 있었다. 아들은 상장을 앞둔 유망한 회사의 주식을 사야겠다고, 사원들이 모두 최소한 1000주의 주식을 샀다고, 슬쩍 아빠의 옆구리를 찔렀다. 하지만 퇴직연금은 한 푼도 건드릴 수 없다며 한마디로 거절하는 남편한테 아들은 오지게 불만을 느끼고 있었다. 야무지고 당찬 남편이었다. 사기를 당하려면 우습게 당한다더니 어느 날인가 고등학교 총동문회에서 만난 십 년 후배를 집으로 불러들인 게 사단의 시작이었다. 현직에 잘나갈 때는 부지런히 전화하고 드나들던 직장동료들도 발길을 끊은 즈음이라서 아마도 심사가 외로운 모양인가 싶었다.

남편의 후배라는 남자가 대박 꿈의 청사진을 내놓고 열변을 토하며 낚싯밥을 던졌다. 지금은 비록 산 중턱이지만 산세도 좋고 풍수지리도 그만이고. 세월만 좀 흐르고 나면 아마도 청소년수련장이나 미래 산업의 직장인 연수원이 들어서기에 안성맞춤이라나. 의심이 많은 남편이고 철두철미한 성격인데도 어이없이 당해놓고 남편이 하는 말은 이랬다.

"내가 몸 상태가 안 좋아서 판단력이 흐려진 거야. 지적도도 떼어보고 k 시청에 문의도 해보고 하면서 정작 그 지역까지 가보지 않고 계약을 체결한 게 실수지."

게다가 그의 말년에 재운이 터진다는 철학원장의 말도 그럴듯했었다. 그즈음 대형아파트가 똥값으로 하락해 소형아파트와 별반 시세 차이가 안 나는 이상 현상 때문에 기분이 가라앉아있던 즈음이라 인상은 우거지상이 되어있었다.

다행인지 불행인지 남편은 중역으로 퇴직한 이후에도 지방 소도시에 내려가 식품 검사 면허증을 가지고 일하는 별정직 식품 검사관으로 일하고 있었다. 주말마다 지방에서 서울로 오가며 지난 세월이 꿈만 같다며 남편은 한숨을 입에 달고 살았다. 현직에 있을 때만 해도 전국 사업체의 대표가 방문하고 인사를 하는 등 화려한 대접을 받던 남편이었다. 명퇴 이후에 남편의 머리털은 눈에 띄게 빠지고 식탁 머리에는 고혈압, 불면증, 우울증 약봉지만 늘어났다.

잠이 안 와 죽겠다고 이맛살을 찌푸리던 남편의 얼굴이 눈앞에 어른거린다. 잠이 안 오면 올레 텔레비전으로 영화를 보든지 책을 읽든지 산책하든지 운동하든지 친구를 만나 술, 한잔하든지 중국어를 좀 배우든지, 당신이 살아온 삶을 노트에 적어보든지 할 일이 좀 많아요? 내지르니 속이 시원해졌다. 지방 소도시에 내려가 원룸에서 사는 남편은 하루에도 심심하면 내게 몇 번이나 전화한다. 밥 먹었어? 몸은 괜찮아? 아들은 표정이 어떻냐, 일자리는 새로 구했냐, 며느리랑 잘 지내느냐, 음식은 싱겁게 먹어라. 정신이 똑바로 박히지 않은 사람들과는 친구로 지내지 마라, 세금 고지서는 절대로 연체하지 말고 영수증은 잘 보관하라, 무엇보다 돈은 목숨처럼 아껴 쓰라는 둥 듣기 싫은 잔소리를 해대는 통에 숨이 막힐 지경이었다. 그의 전화를 받고 나면 울컥 짜증이 났다. 화장실에 들어앉아 껌을 씹었다. 철벽처럼 막혀있는 대장을 뚫어보려고 짐승 같은 자세로 구부리고 앉아 힘을 주니 변은 안 나오고 눈물 한 방울이 떨어져 내렸다. 그런데도 나는 십 년 만에 다시 꿈꾸는 몽골 여행의 욕구를 꺾을 수 없었다. 몽골, 거기 뭐 볼 거 있다고 또 가느냐고, 남편은 십 년 전처럼 여전히 볼멘소리를 냈다. 나는 살기 위해서라고 엄살 아닌 엄살을 부린 끝이었다. 세계관을 풍요롭게 하기 위한 체험이라고 너스레를 떨어봤자 이해할 수 없었을 테니까.

누구는 돈 쓰는 거 몰라서 안 쓰나, 미래를 대비해야 할 거 아냐! 잔뜩 좁혀진 미간 사이에 더듬이를 곤추세우던 남편의 얼굴이 화들짝 다가온다. 십 년 전이나 상황이 별반 달라진 게 없다면 우리가 미래를 준비하지 않은 게 맞긴 맞나 보다.

아! 끝도 없이 펼쳐진 대평원이 그냥 유목 생활을 위해서만 존재한다는 것이 기이했다. 죽어 묻힐 한 평의 땅이 없어 지구를 맴도는 영혼들도 있지 않은가? 이 거대한 땅덩이가 대우주의 서사시를 쓰라고만 존재하는 것은 아닐 텐데. 몇백 년쯤 지나고 나면 이곳도 울란바토르(붉은 영웅)처럼 그렇게 변해버리지는 않을까? 거대한 땅과 태양과 바람은 있으되 물과 나무가 터무니없이 부족하구나.

나라는 존재를 명리로 분석해보면 나무도 많고 물도 많았다. '내가 만약 이곳에 남으면 행여 도움이 되지 않을까?' 농담처럼 웃고 나서 나는 가시풀 뜯어 먹는 낙타가 된다. 남편 또한 더 큰 집과 더 큰 욕망의 가시풀 뜯어 먹는 낙타가 된다. 아들 며느리도 그들의 자식을 저 높은 곳에 군림하게 하려 가시풀 뜯어 먹는 낙타가 된다. 가시풀을 아주 많이 뜯어 먹어 이제 내성이 생겨 설렘은 사라지고 잠은 달아나 이제 잠을 자게 만드는 약을 먹어야 하는 낙타도 있다.

사막을 건너는 법을 잊어버린 낙타처럼 나는 멍하니 차창 밖을 응시한다.

힘에 겨운 노동을 한 후의 낙타처럼 몸이 망가진 승합차 한구석에 모래 먼지바람이 번질나게 드나들며 내 목구멍을 노리고 있었다. 모래 먼지가 내 목구멍으로 들어와 폐로 진을 치고 들어앉으면 폐기종이 생기고 심해지면 도려내야 할지도 모른다. 복잡 미묘한 생각들로 내 머릿속은 가려웠지만, 몽골인 들은 이미 순응의 향기로 눈을 빛내고 있을 뿐이다.

몽골은 중국과 러시아의 영향권에서 벗어날 수 없었으므로 공산의 잔재가 남아있다. 소련의 지배를 받을 당시에 대 칭기즈칸의 영혼이 깃든 에르덴죠 사원의 승려 2만 명이 학살당했다. 그들의 영혼을 위무하기 위해 지금도 위령제를 지내고 있다며 울란바토르 여기자가 까만 사탕 같은 눈망울을 빛낸다.

이번 돈드 고비 사막 체험 중에 어쉬망항 옛 절터에서 올리는 위령제는 볼만하다고 했다. 내게 어떤 의미에서는 위로가 될 듯도 싶었다. 세월이 흐르고 몽골은 민주화되면서 정치 문화는 물론 경제도 자유시장 경제를 받아들여 울란바토르시는 수평의 세계에서 수직의 사고를 창조해내고 있었다.

돈드 고비 사막에서 원시의 때 묻지 않은 유목민들의 삶을 보고 느끼고 체험하는 것은 생각만으로 가슴을 뛰게 했다. 문명의 이기를 받아들이는 몽골의 진보에 대해 안심하면서도 대평원의 순수하고 자유로운 노래가 차츰 흐려지면 어쩌나. 태고의 꿈이 어린 대평원의 나라에도 생의 아이러니는 어쩔 수 없는 것이려나.

몽골은 시간에 대한 개념이 우리와 사뭇 달라서 배꼽시계를 장착하면 그만이다. 배고프면 먹고 자고 싶으면 잔단다. 아침을 8시에 먹고 점심을 3시에 먹기도 하고 저녁을 밤 11시에 먹어도 아무렇지 않은 몽골인들이다. 시간에 고삐처럼 매여있지 않았다.

세미나가 끝난 후 숙소로 오는 도중 승합차 밖으로 끝도 없는 평원이 펼쳐졌다. 어쩌다 나타나는 말. 소. 양. 염소. 낙타 무리를 보고 환호하며 차에서 내리자 스물 안팎의 구릿빛 청년이 깊숙한 눈빛으로 말한다. 가축을 너무 놀라게 하는 건 예의가 아니라며 진중한 표정으로 나무란다. 자연과 동물 사람이 하나로 동화되어 살아가는 민족답게 느껴졌다. 십오 분 정도의 자유시간이 주어지는 동안 나는 구릿빛 청년 앞으로 다가갔다. 미니 몽골어 회화책을 공부하고 여행을 떠난 건 얼마나 유익하고 다행스러운 일인지 모른다.

몽골로 오는 비행기 안에서 킹콩이라는 영화를 보았다. 동물의 영혼에 대해 생각하게 하는 영화였다. 나는 온몸으로 자연과 동물 그리고 인간과의 아름다운 조화를 꿈꾸게 하는 영화라고 그를 향해 열렬히 설명했다. 구릿빛 청년은 대강 알아들은 듯 하얀 이를 드러내며 순박하게 웃더니 주변의 식물에서 풀잎 하나 뽑아 풀피리를 불었다. 그가 부는 풀피리는 이상하게도 우주와 소통하는 소리처럼 느껴졌다.

휴식 시간이 끝나고 승합차에 올랐다. 끝없이 펼쳐지는 평원은 바라만 보기에도 가슴이 확 트였다. 트인 마음으로 옆자리 작가와 고유명사의 의미 던지기 핑퐁 게임을 주고받았다.

몽골은 태고의 꿈이다. 몽골은 야생이다. 몽골은 미친바람이다. 몽골은 평원의 똥이다. 몽골은 똥의 재발견이다. 몽골은 첫사랑이다. 몽골은 말의 낙원이다. 몽골은 별들의 투시경이다. 몽골은 미지의 처녀림이다. 몽골은 낙타 등과 바람과 누드의 향연이다. 몽골은 원초적 춤이다. 핑퐁 게임을 하는 동안 마른 풀밭에서 뛰노는 말들의 춤이 눈앞에 아른거렸다.

늦은 오후 흑갈색 야생마를 탔다. 말 등을 느낀다. 말갈기를 느낀다. 말발굽을 느낀다. 말 등에 올라타 바람을 가르고 언덕진 풀밭을 올랐다. '고마워. 우리는 무슨 인연으로 이렇게 만났을까? 부드럽고 따뜻한 등을 내줘서 고마워. 너도 날 느끼지?' 말을 타고 언덕진 풀밭을 오르는 동안 바람 소리에 파묻히는 내 말이 궁금한 듯 마부가 자꾸 고개를 돌려 바라본다. 그렇게 말과의 교감은 이루어졌는데 낙타는 아니었다.

늙은 낙타는 이미 한 차례 과한 노동을 했는지 무릎을 꿇지 않으려고 콧김을 내뿜으며 저항했다.

'내가 태우고 싶을 때 태울 거야. 지금은 죽어도 너희들을 태우고 싶지 않단 말야.' 낙타는 마치 그렇게 항변하고 있는 듯했다. J 시인은 그 장면을 일컬어 낙타의 굴욕이라며 심오한 표정을 지었다. 낙타의 봉에 물이 고갈된 것인가? 아니면 늙어진 우리의 몸처럼 늙어서 여기저기 고장이 난 것이리라. 낙타를 타긴 탔지만, 왠지 연민의 감정이 솟아올랐다. 때로 그렇지 않던가, 메마르고 각박한 삶을 살아가다 지치면 가끔 지난 추억을 끄집어내어 목을 축이며 용기를 내잖아. 혹시 낙타의 봉에 물이 거덜 난 건 아니었을까? 요즈음 이상기류의 현상은 몽골의 대평원에까지 몰려 왔을 테니까.

십 년 전 추억 속 낙타는 입 안 가득 피 흘리며 가시풀 을 먹으면서도 고통을 드러내지 않기에 참으로 기이한 생 각이 들었었다. 가시풀에 들어있는 마약 성분에 취한 탓에 고통스러운 나날을 다람쥐 쳇바퀴 돌 듯 사막을 건너고 있 었던 건 아니었을까? 우리가 달콤한 욕망의 사슬에서 헤어 나오지 못하는 것처럼 낙타도 그렇게 길들어져 먼데 하늘 을 고요하게 바라보고 있었던 것인가.

낙타가 나를 물끄러미 본다. 어느 민담에선가 낙타는 서 로 사랑을 나눌 때 들키면 상대가 동물이든 사람이든 쫓아 와 해코지한다는 글을 읽은 적이 있었다. 낙타야! 이 황량 한 모래벌판에서 가슴에 품은 그리움을 너도 어쩔 수 없었 던 게지.

숙연해진 마음으로 숙소로 돌아와 저녁으로 허르헉(뼈에 붙은 소 갈빗살 같은 양고기)을 뜯으며 몽골 문인들이 권하는 보드카를 마셨다. 톡 쏘면서 뒷맛이 담백하고 개운한 술이 다.

여행 이틀이 지나도록 몽골 음식을 전혀 먹지 못하는 몇 몇 작가들 앞에서 나는 민망하기 짝이 없었다. 마유주, 수

태 차, 염소젖, 양고기 죽, 양고기 국수, 양고기 만두, 등등 끼니마다 채소라고는 찾아볼 수 없는 식단을 마주하며 맛있다고 먹었으니 말이다. 어쩌다 고추장에 섞은 멸치를 먹고 드물게 몽골에서 담근 김치를 맛보기도 했고 더러는 컵라면을 먹기도 하면서 그런대로 견딜만했다. 일행 중 비위가 약한 몇몇은 굶다시피 하고 오지 사막을 달렸으니 그 고통을 어찌 말로 다 할까, 그 와중에 불빛도 없는 깜깜한 그 밤, 거친 바람 속 무지개 노을을 달빛 삼아 대평원의 풀밭에서 시낭송회가 있었다.

나는 두툼한 점퍼에 모자까지 뒤집어쓰고 모자가 날아갈까, 머플러로 질끈 동여매고 마치 몽골의 무당 같은 차림으로 몽골 문인이 낭송하는 시를 감상했다. 고고학자이면서 시인인 남자는 두 팔로 우주를 가리키듯 포즈를 취하며 대평원의 서사시를 낭송했다. 우주와 대평원의 기개가 느껴졌고 자연과 인간 영혼의 결합을 노래한 시처럼 느껴졌다. 밤공기가 싸늘했다. 드디어 춥고 떨리고 재채기가 나기 시작했다. 아무리 잘 먹었다지만, 나도 몸살감기가 올 거 같은 조짐에 슬며시 걱정되던 참이었다. 그때 시 낭송이 끝난 후, 운치 있는 운주올 식당에서 한몽 댄스파티가 열린다는 소식이 들려왔다. 춤이라는 말에 귀가 즐거웠다.

몸이 살려달라고 외치는 소리가 들려왔지만 나는 숙소에 들러 춤추기에 어울림 직한 날렵한 옷으로 갈아입고 파티장을 들어섰다.

울란바토르 여교수의 통역으로 우리는 비교적 소통이 즐거웠다. 그녀는 남자와 여자를 각기 댄스 할 수 있는 공간을 사이에 두고 마주 바라보고 앉게 했다. 댄스파티 전에 우선 보드카로 목을 축여야 한다며 보드카 한잔을 한 바퀴 돌려 마시게 한 다음 그녀는 어디론가 가더니 음악 시디를 걸었다. 음악은 다양했다. 클래식 음악이다가 소울 음악이다가 디스코 음악이다가 째즈 음이다가 블루스 음이다가 아르헨티나 탱고음도 나왔다. 모두 부끄러운 듯 눈치만 보던 차에 누군가가 나를 밀어냈다. 음악이 가슴에 들어오니 그냥 앉아 있기도 답답하던 차라 못 이기는 척 앞으로 나갔다. 여자가 먼저 춤추고 싶은 상대를 선택하라며 울란바토르 여교수는 싱긋 웃는다.

나는 이미 낯이 익은 부드러운 인상의, 체격이 단단해 보이는 몽골 시인, B한테 손을 내밀었다. 그가 활짝 웃으며 일어나 유연한 몸짓으로 나와 춤을 추는 동안 입가에 미소가 가시지 않았다. 선택한 남자와 세 곡 정도 추고 나면 여자는 제자리로 돌아오고 남자는 다시 다른 여자를 선택해서 춘다. 그러는 동안 댄스파티의 향연은 열기를 더해갔다.

춤이란 자연으로 돌아가는 순수한 몸의 언어라고 하지 않던가. 덩치가 대단한, 어깨 스타일의 몽골 남자들은 아담하고 귀여운 여자들을 선호하는 듯했다. 몽골에서의 춤은 그 어느 곳에서보다 자연스럽고 사막의 빗줄기처럼 신선한 감흥을 자아냈다.

파티가 끝나고 숙소에 돌아왔지만, 아직 여운을 잠재우지 못한 몽골 남자들의 가슴을 뒤흔드는 노랫소리가 들려왔다. 말의 울음소리 같기도 하고 말과 사람이 하나로 동화되는 사랑의 소리 같기도 했다. 그렇게 돈드 고비의 밤은 깊어만 갔다.

이제 곧 씨름 경기의 시작이다. 각기 조를 짜서 막판 승부를 가리는 경기도 흥미로웠다. 체육관이 아닌, 그렇다고 콩고물 같은 모래밭도 아닌, 거친 모래와 자갈투성이의 거친 땅에서 씨름하는 선수들은 이상한 나라의 사랑스러운 괴물 같았다.

마지막 결승에 오른 한 청년은 오리지널 칭기즈칸을 연상하게 했고 상대는 러시아 계열 몽골인처럼 보였다. 체구는 상대보다 작았지만, 눈빛은 만만치가 않았다. 무릇 경기가 힘으로 싸우는 게 아니고 기 싸움일 텐데. 승부가 나지 않는 지루하고 긴 경기에 성질 급한 상대가 지고 말았다. 씨름왕 역시 칭기즈칸의 왕관을 쓰고 독수리 날갯짓으로 주위를 한 바퀴 돈 다음 두 손으로 넓적다리를 두 번 두드리고 다음엔 두 손을 엉덩이로 가져가 두 번 탁탁 소리 나게 두드렸다. 무슨 뜻이었을까, 궁금해졌다. 비상을 의미하는 걸까, 그 동작 역시 독수리 날갯짓으로 우주와의 소통을 뜻하는 것이었을까?

나담 축제가 끝난 후 우리가 묶었던 돈드고비 아이막 게르 풀밭에서 새벽까지 댄스파티가 이어졌다. 자연의 풀밭에 뒹구는 대화처럼 춤은 아름다웠다. 몽골인들이 춤을 즐기는 건 밥 먹듯이 자연스러워 보였다. 나담 축제에 참여한 모든 유목민은 축제의 하루를 위하여 그 길고 긴 적막을 감수한다고 한다. 절대고독의 상황을 1년에 단 하루 벗어난 것처럼, 그들은 댄스에 열정을 불태웠다.

돈드 고비 게르 안은 운주올 솜처럼 그렇게 춥지 않으니 잠 좀 자려니 했었는데 바깥은 게르가 떠나갈 듯 시끄러웠다. 잠들지 못한 한·몽 문인들이 하나둘 게르 밖으로 나왔다. 반가움에 피곤한 줄도 모르고 여전히 하루살이 벌레들이 판치고 모래 먼지가 들썩이는 풀밭 한마당에서 누구라도 연인인 양 끌어안고 춤을 추었다.

몸살감기로 게르 침대에 여전히 누워있는 두 작가가 마음에 걸려 숙소에 가니 코를 골며 세상모르게 자고 있었다. 깨워서라도 그 순간을 더불어 즐기고 싶었지만 그럴 분위기는 영 아니었다. 잠자기는 틀렸다. 다시 댄스 한마당으로 나아갔을 때 이미 환영파티에서 친근해진 강한 정신의 용감한 남자가 활짝 웃으며 서 있었다. 그들은 거의 몽골댄스를 추고 있었지만, 나는 강한 정신의 남자와 손잡고 코리아 댄스를 외치며 자유롭게 추었다.

언젠가 우리나라 포항에 와서 산적이 있다는 몽골 운전기사는 우리말을 좀 할 줄 알아서 좋았다. 내내 우리를 편하게 안내해줬던 그와 춤추고 나서 그만 내일을 위해 잠자리에 들려고 댄스 한마당을 빠져나오다 강한 정신의 용감한 남자와 다시 마주쳤다. 우연히 세 번 마주치면 필연이라지?

전날 이른 아침 세수하러 가는 길에 그와 마주쳤었다. 승합차 앞 유리를 말끔하게 닦던 그가 나를 바라본다. 샘밴 오(안녕하세요?) 인사를 하자 그가 화답하며 손을 흔들었다. 어느 날인가 울란바토르 여교수인 통역과 단둘이 게르에 있을 때 그가 게르 문을 열고 들어온 적이 있었다. 그가 통역과 무슨 말인가 주고받는 말이 궁금했지만 알아들을 수 없어 답답했다. 간단한 몽골어 회화를 공부하고 왔지만, 막상 말을 걸려면 아무것도 생각나지 않았다.

비 몽골뜨 호요르 오다 이르썽(저는 몽골에 두 번째 여행왔습니다). 내가 몽골어로 말을 걸자 그의 눈이 활짝 열렸다. 웃음기 머금은 눈으로 그는 내 이름을 물었다. 마이 네임 이즈 바이 종 샨. 그렇게 얼버무리며 차츰 친근감은 탑이 되었다.

새벽녘, 댄스 한마당을 빠져나와 숙소로 돌아가려 인사하는 내게 그는 나를 배웅한다며 따라나섰다. 우리는 나란히 게르 풀밭을 걸었다. 댄스음악이 차츰 멀어지면서 밤하늘의 별 바라기가 하고 싶어졌다. 우리는 자연스레 손을 잡고 걸었다. 게르 풀밭을 산책하면서 한국 노래와 몽골노래를 번갈아 가며 한 곡씩 불렀다.

나의 노래가 끝나자마자 그는 엄지척하며 활짝 웃었다. 순박하고 빛나는 눈이다.

─봄의 교향악이 울려 퍼지는 청라언덕 위에 백합 필 적에 나는 흰 나리꽃 향내 맡으며 너를 위해 노래, 노래 부른

다.—

내 노래가 끝나면 그가 바통을 이었다. 대평원의 기개와 방랑의 자유가 담긴 그의 목소리는 깊은 울림이 있으면서 정겨웠다. 내가 묵고 있는 숙소를 지나고 다시 한 바퀴 돌았을 때 그는 멈춰 서서 밤하늘의 별을 가리켰다.

스타? 몽골어로 별이 뭐죠?

어드.

그가 알아들은 듯 대답했다.

어드? 어드가 별이라니 감각적으로 와 닿지 않아 나는 배시시 웃었다.

그가 끝없는 대평원처럼 크고 넓은 가슴으로 나와 마주 섰을 때 사랑의 맹세가 터져 나왔다.

—틸 푸른 밤, 하늘에 달빛이 사라져도 사랑은 영원한 것—

—틸 찬란한 태양이 그 빛을 잃어도 사랑은 영원한 것—

그렇게 한·몽은 문화적 교류를 통하여 우리의 영혼을 풍요롭게 하고 더 나은 미래를 위해 서로 사랑으로 일체 되기를 희망하며 이별을 고했다.

어느새 돌아갈 시간이 다가오고 있었다. 한복으로 갈아

입고 마지막 환송연을 치르는 동안 우랄 알타이족의 역사를 들먹이며 몽고반점의 시원을 들먹이며 우리는 왠지 모르게 친해졌다.

밤, 12시가 다 돼가는 시간, 공항까지 배웅하던 순박하고 천진스럽기까지 한 몽골 문인들은 탑승 수속을 마치도록 마냥 손을 흔들고 서 있었다.

여행하는 동안 내내 내 손에서 떠나지 않았던 작은 노트에 그는 몽골어로 무슨 시구를 한 페이지 적어놓았다. 무슨 뜻인지 확실히는 모르지만 대강 느낌으로 전해져오는 것, 그래도 궁금하여 그 어려운 글자를 해석하기 위하여 끙끙거렸다.

솔롱고스(무지개의 나라)에서 온, 밤하늘의 달님같이 밝고 화사한 그대, 그대가 사막에 오시던 날, 비가 내렸소. 귀하고 반가운 손님이 왔다는 징표라오. 그대 그리워질 때면 강가에 앉아 붉은 나뭇잎을 띄워 보내리.

짐승의 시간을 마주한 남자

담배 좀 끊지, 그래요? 왜요? 무슨 이유로 내 기호품을?

건강하게 오래 살면 좋잖아요. 오래 살아 뭐 좋은 꼴 보겠다고? 참, 지독하게도 살아남았다. 목숨이란 참 질긴 동아줄 같은 거요.

생명이란 하늘로부터 값없이 받은 선물 아닌가요? 하늘처럼 받들어야 할 부모님도 안 계시고 눈에 넣어도 안 아플 자식이 있는 것도 아니고, 지금 죽는다 해도 뭐… 울어줄 사람이 없나요? 하긴, 망자 앞에서 너무 슬피 울면 혼이 떠나지 못하고 우왕좌왕, 한다죠? 그런가요? 그럼, 전 웃어드릴게요. 잘 가라고. 고맙습니다. 잠깐만요, 담배가 어디 있더라. 예전에는 담배를 피우기 시작하는 건 어른이 되기 위한 통과의례. 좌석버스 안에는 재떨이까지 매달려 있었는데. 무슨 말인지는 알겠는데요. 고1 때부터 피우기 시작했으니 어언 35년 동안 담배라는 녀석하고 친구처럼 지내

온 걸, 인제 와서 끊는다? 담배를 너무 일찍 입에 문다는 건 욕구 결핍에서 오는 거 아닌가? 프로이드는 정말 밥맛입니다. 매사를 프로이드 식으로 의미를 부여하는 거 웃기는 짬뽕이니까. 그렇다면 벗님은 프로이드 아닌, 무슨 특유의 해석법을 가지고 있나요? 그냥 냉소적으로 느껴질 뿐인걸요. B님은 몰라요. 나하고는 태어남부터가 틀리니까. 틀리긴 뭐가 틀려요? 엄마의 자궁 속에서 피와 살로 받은 사랑 버거워 세상 밖으로 주먹 쥐고 나온 건 마찬가지죠. … 잠깐만요. 담배 한 대 더 피고. 식후 불연이면 3초 후 00라나, 여자는 끊어도 담배는 못 끊는다는 말이 있긴 하죠. 끊으려고 마음먹으면 그까짓 것 끊을 수야 있겠지. 마음이 끌리지 않는다는 게 문제라면 문제. 35년 동안 그렇게 친했다는 친구를 그까짓 것이라뇨? 아마도 니코틴 중독 같은걸요. 차라리 연애해 보지, 그래요? 연애라! 연애는 아무나 하는 게 아니지. 낭만이 있고 마음의 여유가 있는 사람이 하는 겁니다. 그 말은 맞아요. 죽음이란 누구에게나 찾아오지만, 연애는 아무한테나 찾아오는 건 아니니까.

난 컴퓨터 별점에 보면 중년에 연애 운이 있다네요. 좀 황당한 별점이지만 무척이나 순수한 사랑을 한다네요. 도대체 순수한 사랑이란 어떤 의미일까요? 글쎄… 모르긴 해도 아마 B님 같으면… 이미지는 가짜에요. 순수한 사랑이라? 서울식 연애에 길든 요즈음 세상에… 모르긴 해도 순수한 사랑이란, 상대가 말이에요, 선한 쪽으로 나아가도록 희망하는 거 아닐까요? 무슨 개코같은 소리냐고요? 어머! 정말 내 코가 갑자기 개 코처럼 빨개졌네. 아주 예쁘군요. 난 못난이예요. 예쁠 만큼 예쁜 못난이. 후후! 재밌는 이야기. 담배꽁초 수북이 쌓였군요. 내 이마엔 투시경이 매달렸어요. 연기가 여기까지, 콜록 콜록콜록! 담배 피는 사람의 권리, 그것도 좀 인정해줬으면 좋겠네. 권리까지 나요? 그렇담 피워요. 마음껏 피워요. 몸에 해롭다는 이 세상의 담배, 몽땅 태워서 없애버려요. 한 오십 년이면 오래 살았다고 생각 안 하나요? 오래만 살았다고 뭐가 좋은가요? 남은 시간, 생생히 빛나게 보내고 싶을 뿐. 결국, 잘 죽고 싶다는 욕망하고 맥락이 통해요. 좋은 얘기지요. 그러니까 벗님도 건강하게 오래 살면 담벼락 글 아작아작 씹는 재미 맛보잖아요. 고집부리지 말고 병원에 가봐요. 고열에 시달린다면서요? 죽음이라는 걸 앞당길 일도, 그렇다고 나 좋다고 찾아온 손님을 싫다고 내쫓을 수도 없고. 그런데요. 외람된 말이지만, 죽으면 어디에 묻힐 건가요? 그냥 낚싯밥이 될 생각. 지렁이하고 어지간히 친했으니까. 이미 수양딸한테

남겼소. 그건 살아있는 사람 마음이죠. 죽은 자는 말이 없
잖아요.

난 죽으면 동해가 보이는 산에 묻힐 거예요. 산…. 좋지
요. 나는 아마도 낚싯밥이 되어 서해를 흘러갈 겁니다. 어
느 물고기의 밥이 될까나? 그거야 물론 눈부시게 아름다운
감성돔. 아마도 공덕과 업장이 팽팽하게 맞서는 어떤 여자
가 물고기로 환생할지도 모르겠네. 그거, 참 듣던 중 기쁜
소식입니다. 우린 나이를 먹을 만큼 먹은 모양이에요. 이런
대화가 전혀 거부감이 없는 걸 보면. 자연스러움이란 참
좋은 겁니다. 예전엔 아득하게 다가왔던 무덤, 이젠 아늑하
게 느껴지기도 해요. 좁은 땅덩이, 웬 무덤은 그리 많은지.
천명이 각각 1평씩만 묻힐 자리 아긴다면 천 평이 남아돌
텐데. 남아도는 땅에 뭘 할까요? 그야 밭농사 짓든, 사과나
무 심든, 예술 한마당을 꾸미든, 아무튼 산속에 바가지 엎
어놓은 거, 그거 보기 싫습니다.

D님! 담배 피울 시간이 또 된 거 같은데요. 앗!

왜요? 무슨 일이 있나요? 드디어 코피가 쏟아지기 시작.
잠깐만요. 어머머! 큰일 났네. 거기가 어디라고 했죠? 집에
아무도 없나요? 수양딸은 같이 안 사나요? 나쁜 피가 터져
나오는 건 좋은 징조에요. 몸 안에 고여있어야 나쁘죠. 잠

깐만요 자축하는 의미로 담배 한 대 더 피고…

무슨 말로 D를 위로할까 혹은 자극할까 생각하는데, 다운이다. 얼굴도 이름도 모른 채 잠이 안 오는 밤마다 그와 주고받은 이야기들이 어느새 돌탑을 쌓았다. 오늘따라 주고받은 대화가 유별나게 냉소적이라서 마음이 찝찝하다. 담배는 그에게 어둡고 긴 터널 같은 세상, 살아오는 동안 외로운 길목 밝혀주는 불빛 같은 거였나 보다. 그에게 담배를 끊으라고 말하는 건 그만 죽으라는 소리 같아서 이후로 그런 말은 하지 말아야겠다.

나는 하릴없이 일어나 노트북을 켜고 한글 2022를 열어 새 문서에 '짐승의 시간을 마주한 남자'라고 제목을 달았다. 창작의 욕구가 불꽃처럼 일렁인다.

짐승의 시간을 마주한 남자

밥보다 담배를 더 사랑한 남자의 이름은 도용진이다. 그는 지천명의 나이가 되면 노예나 다름없는 일에서 벗어나 마음 맞는 친구들과 낚시하며 삶을 돌아보리라 자신과 약속했다. 그 매력적인 계획의 밑그림은 어느 정도 그려져 있어서 어지간히 숨통이 트이기는 했다. 다만 낚시동호회에서 만난 바위손이 요즘 들어 성경책을 줄기차게 허리춤에 끼고 다니는 게 영 마음에 안 든다. 틈만 나면 수도원의 수사처럼 제 몸을 혹사하는 게 보기에 딱해서다. 바위손은 낚시동호회 회원 중에 많은 부동산을 가지고 있는 편이다. 경기도, 광탄리에도 천 평 남짓 텃밭을 가지고 있어서 온갖 채소와 곡식 그리고 과실수를 심어 땀 흘리는 일을 즐거워하며 낚시친구들을 주말이면 농장으로 불러들였다.

용진은 중국에서도 가발 사업으로 성공하여 작은 거인이라는 별명을 달고 살았지만, 고국으로 돌아와서도 여전히 가발 사업을 하고 있었다.

잃어버린 젊은 날의 시간이 때때로 그의 목을 압박하곤했다. 군부 독재 시절, Y대학 일학년, 데모 선동자로 쫓겨 강제 징집된 후 특수훈련을 받고 휴전선 너머 북파 공작원으로 활동하면서 눈초리가 먹이 찾는 짐승처럼 매서워졌다. 작전 중에 쥐도 새도 모르게 죽는다 해도 고아나 다름없는 용진은 더없이 적절한 인물이었다. 호랑이 문신을 팔뚝에 새겨 애국이라는 명분을 우스꽝스럽게 드러내고 살았다. 그때나 지금이나 어떻게 하면 사람들의 눈을 속이고 철저하게 사기꾼이 될 수 있을까, 그걸 궁리해야만 한다는 점이 몹시 피곤했다. 그는 인터넷에 내수를 위한 홈페이지를 만들어놓고 국내시장을 개척한 지 십 년 남짓 지났다.

중국에서 온 팩스 문안을 들여다보던 용진은 골치가 지근거려 아스피린 두 알을 털어 넣었다. 고집부리지 말고 병원에 한번 가보라던, 백일점이라는 닉을 가진 여자의 말이 가슴을 건드린다.

오늘은 주말도 아니지만, 그는 일찌감치 한 명뿐인 종업원이며 수양딸인 숙자한테 내일 일정표를 잡아놓고는 바위손이 운영하는 광탄리 농장에 들렀다.

농장 입구 느티나무 옆 벤치에 기대앉아 용진은 작은 새의 깃털 같은 구름이 옹기종기 모여 있는 하늘을 올려다보았다. 엄마를 묻을 손바닥만 한 땅 한 평이 없어 막막하던 때가 있었다. 그의 나이 열여덟, 이 세상에 홀로 내던져진 그 지랄 같은 적막함을 누군들 이해할까. 엄마가 자궁암으로 숨을 거두기 직전의 상황이 떠오른다.

'그 무정한 하나님은 왜 그리 인정머리가 없단 말이냐. 아버지도 없이 자란 널 어쩌라고 나까지 데려간다니?' 난 죽지 않을 거야. 절대로 죽을 수가 없어. 용진아! 날 좀 살려줘! 응! 갈퀴 같은 손으로 내 손을 죽어라, 움켜쥐고 놓지 않던, 사람의 몰골이라고 할 수 없을 만큼 기괴하기까지 한 엄마의 마지막 몸부림에 대해 추억하자면 지금도 내 손아귀에 얼얼한 느낌이 남아있는 듯했다.

바위손은 여전히 콧노래로 찬송가를 흥얼거리고 있었다. 바늘과 실처럼 바위손에 붙어 다니던 여자는 요즈음 보기 힘들다. 여자를 그리 밝히더니 성경을 끼고 다니고부터 여자는 끊은 모양이었다. 얼굴도 모르지만, 메신저로 종 알거리던 B의 말이 시도 때도 없이 들락거린다. 믿을 수 없는 일이다. 여자는 끊어도 담배는 못 끊는다죠? 잠념이 끼어들었다. 용진은 이마를 세우고 하늘을 올려다본다. 안 하던 짓이다. 죽을 때가 가까웠나? 그는 청춘을 송두리째 앗아간 조국을 벗어나 북한을 거쳐 중국으로 도망치던 순간순간이 악몽처럼 떠올라 진저리치곤 했다.

농장 텃밭에는 파랗게 영근 고추, 빨갛게 물들어가는 토마토로 풍성했다. 가지, 오이, 깻잎, 단호박, 감자, 고구마, 등등의 밭고랑을 차례로 옮겨 다니면서 행복한 표정으로 바위손은 용진을 향해 뿌듯한 미소를 보냈다.

"언제 평도로 낚시 한번 갑시다." 용진이 말했다.

"낚시~ 좋죠. 그럽시다. 고기도 낚고 참사람도 낚읍시다. 언제 도 사장이 날을 잡아보시지." 바위손이 말했다. 참사람을 낚는다는 말이 전도하겠다는 말 같아서 기분이 좀 잡쳤지만, 그나마 고기는 낚아서 뭐 하겠냐는 말을 안 해서 다행이라면 다행이었다. 밤무대에서 트럼펫을 부는 백구두는 지난밤 나이트클럽 몇 군데를 뛰고 술에 절어 뻗었다고 연락이 왔고, 방송 프로듀서인 안은 데스크 국장과 의식과 감각이 안 맞아 도무지 일 못하겠다고 어용 방송국을 뛰쳐나와 독립된 방송 제작을 하겠다고 자유를 선언했다는 소식도 들려왔다.

잘했군. 잘했군. 잘했어. 얼마나 살겠다고 개돼지처럼 윗사람 시키는 대로 살 거야? 바위손은 그렇게 낚시친구를 위로했지만, 용진은 머리를 절레절레 흔들었다. 안 피디의 오기와 배짱은 좋다만 아직 된맛을 못 봐서 말이지. 배곯을 일만 남았군. 새로운 사업에 초 치는 거 같아 미안하지만, 밥이 하늘인걸. 용진은 청춘 시절, 배고품을 못 견디고 오기와 배짱 하나로 북한 특수공작원으로 하나뿐인 목숨을 걸던 지난날이 아슴아슴 떠오른다.

용진은 고등학교 시절부터 자의식이 강했다. 18살, 고2. 한일회담 반대 데모가 한창이던 때, 그는 선두에 나서 목이 터져라, 외쳤다. 한일회담 반대. 이것이 민족주의냐. 4·19 혁명정신 훼손한 군사정권 물러가라. 외치다가 안가에 끌려가 취조받았다. 아직 고등학생이라는 이유로 사흘 동안 교육받고 훈방 조치 되었지만, 그에게 부스럼 딱지처럼 지난한 일들이 생겨났다.

용진의 아버지는 6·25 당시 행방불명되었고, 엄마가 보따리 행상을 하며 어렵사리 아들을 공부시켰는데 행상보다 안정된 일자리를 위해 발품을 팔아 엄마는 용진이 다니던 학교 직영매점에서 점원으로 채용돼 일하고 있었다. 데모 사건으로 엄마가 해고당하자 생존의 위기에 놓인 용진은 고등학교를 중퇴하고 낮에는 모래네에 있는 식품점에서 아침부터 저녁 5시까지 점원으로 일했다. 유효기간이 지난 단팥빵이나 썩어서 곯아 터진 홍시를 쓰레기 함으로 들어가기 직전 누가 볼까 봐 허겁지겁 먹어 치우고 쉴새 없이 밤 7시부터 11시까지 아현동 굴레방다리 근처 음악 찻집 돌체에서 디제이로 일했다.

그 당시 매일 밤 찾아와 존 레논의 imagine(상상)을 신청하는 소녀가 있었다. 소녀는 동글 납작한 얼굴에 어깨까지 내려오는 약간 긴 단발을 하고 있었는데 흑갈색 눈동자가 인상적이었다.

—천국이 없다는 상상을 해요. 우리 아래에 지옥도 없고 우리 위에는 하늘만 있어요. 국가들이 없다고 상상해요. 어렵지 않아요. 죽일 필요도, 죽을 이유도 없고 종교도 없다고 상상해봐요. 모든 사람이 평화롭게 살아가는 삶을 상상해봐요.—

비틀즈의 전설, 존레논의 노래를 끈질기게 신청하는 단발머리 소녀가 가슴에 꽂혔다. 대부분 감상적인 소녀들은 클립 리차드의 에버그린 트리나 은희 노래 산까치를 더 좋아할 거 같은데 말이지. 언제나 디제이 창구로 신청 곡을 밀어 넣고 대각선 쪽 창가에 앉아 호기심 가득한 눈빛으로 바라보던 단발머리 여학생. 그녀가 어느 하늘 아래 살고 있는지 지천명의 나이에 이르러 생각날 줄 꿈에도 몰랐다.

디제이 일을 그만둔 후 용진은 낮에는 식품점 점원을 계속하며 밤에는 대입시를 위한 검정고시 학원에 다녔다. 다음 해 기적적으로 명문 Y대에 입학했지만 군부 독재 시절, 삼선개헌 반대 데모에 또 앞장섰다. 북파공작원이 되는 지름길인 줄도 모르고.

"도 사장은 무슨 생각이 그리 많소? 반평생 아등바등 살
아봤지만, 그저 마음 편히 사는 것이 최고요."

바위손이 엄지척하며 인생 선배로서 덕담인 듯 들려주
는 말에 용진은 쓰디쓴 입맛을 다신다. 바위손은 젊은 시
절 재개발 아파트를 사들여 한창 눈먼 돈을 수입 잡았다.
돈이 돈을 키운다고 땅을 사들이고 작은 주유소를 사들이
더니 몇 년 전까지만 해도 주유소를 네 개나 가지고 있었
다. 남자들이 주머니에 돈이 빵빵해지면, 의례 한눈을 팔게
마련이다. 물론 예외는 있지만. 술, 여자, 도박, 삼박자가
하모니를 이루면 패가망신의 지름길. 술에 빨려 여자한테
빨려 죽어서도 못 고친다는 도박 신에 빠져 허우적대다 당
연히 돈을 탕진하고 심장에 스탠트 시술까지 받았다. 바위
손은 결국 '내 영혼이 은총 입어 중한 죄 짐 벗고 보니' '무
거운 짐 진자들아! 다 내게로 오라.' 생명의 말씀을 먹고서
야 지난한 역정의 막을 내린 것이다.

아무튼 바위손의 얼굴에 웃음기 어린 평화가 있으니 좋
긴 좋았다.

"좀 더 넣지, 그래. 올해 고구마 농사가 풍년이네. 오늘
두 친구가 안 왔으니 두둑하게 가지고 가쇼."

그날, 용진은 광탄리 농장에서 수확한 고구마를 잔뜩 싣고 불광동 집 근처 낮은 언덕 위, 공터에 차를 세웠다. 트렁크에서 고구마 자루를 내리는 것도 잊은 채 휘적휘적 골목으로 접어드는 찰나였다.

갑자기 어떤 딱딱한 각질의 물체가 용진의 어깨뼈를 치고 떨어져 내렸다. 뻥 뚫린 폐광의 입구처럼 황량해 보이는 눈으로 걷고 있던 그에게 낯선 핸드백은 충격이었다. 누군가 소매치기한 핸드백에서 돈지갑만 빼내고 던져버린 것이란 걸 순간적으로 알아차린 그는 이상스레 가슴이 마구 뛰었다.

이 자식아, 정신 차려! 그렇게 맥을 놓고 있으면서 무슨 사업을 한다는 거야~

어깨에 통증을 느낀 순간 지축을 뒤흔드는 오토바이 소리에 귀가 먹먹해졌다. 본능적으로 핸드백을 안고 슈퍼 뒷골목으로 숨어들었다.

어디서 나타났는지 헉헉거리며 달려온 단발머리 여자가 오토바이 꽁무니를 향해 주먹을 먹인다. 어슴푸레한 어둠 속에서 용진은 단발머리가 하는 행동을 좀 떨어진 곳에서 훔쳐보았다.

"개새끼! 다 가져가도 좋아. 수첩하고 다이어리 노트만 돌려줘 이 나쁜 놈아!"

용진은 이상스레 그녀 앞으로 나설 수가 없었다. 쉽게 그녀에게 핸드백을 돌려줄 수 없었던 이유를 모른다. 이제 와 생각해보면 언제 어디서 한 번쯤 만났음 직한 단발머리에 대한 추억이 느닷없이 떠올라서라고 그렇게 변명하고 싶기도 하다. 어쩌면 그 이유보다는 낚시하는 친구들과 어울리는 것 빼놓고 홀로 살아가는 일에 너무 익숙해 있던 터라 낯모르는 사람 앞에, 그것도 여자 앞에 불쑥 나서기가 쑥스러워서인지도 모른다. 중국에서 가발 사업할 때 가발공장에서 일하던 조선족이었던 숙자를 한국에 올 때 달고 나왔다. 그렇게 수양딸이 생겼지만, 그에게 있어 수양딸은 그저 밥 해주고 빨래해주는 사람일 뿐이었다. 필요한 말 이외에는 하는 법이 없었다. 용진은 지천명의 나이에 다시 고아가 된 느낌이었다.

청춘을 도둑맞고 북한으로 중국으로 지난 생을 떠돌며 고국 같지 않은 고국으로 막다른 골목까지 뒷걸음쳐와 등 떠밀리는 느낌으로 다시 시작한 가발 사업이다. 악착같이 매달리고 싶지 않은 건 분명한 사실이다. 아무리 생각해도 살아 숨 쉬는 날 수가 얼마 남지 않은 거 같은 예감에 수양딸의 장래를 생각하면 그녀에게 넘겨줄 사업을 나 몰라라 할 수는 없는 노릇이었다.

그것만은 돌려줘. 그건 나의 전부란 말이야 이 도둑놈아! 단발머리의 악다구니에 용진은 머릿속 거미줄을 털어낸다. 수첩과 다이어리 노트를 찾고 있는 단발머리의 애타는 심정은 아랑곳없다. 예고 없이 날아든 핸드백을 안고 어디로 가야 할지 망설이고만 있다.

바람 한 점도 없다. 바람이라도 한 점 불어온다면 바람이 불어오는 쪽으로 발걸음을 돌리겠는데 열대야 현상이라나, 뭐라나 환장할 것 같은 그런 밤이다.

그래! 그냥 한번 놔둬 보자! 단발머리가 어떻게 막다른 골목을 헤쳐나가는지 그것이 궁금해진다. 단발머리가 안타까워하는 모양을 복잡한 심경으로 바라보고 있는데 그녀가 길가에 있던 깡통을 냅다 걷어찼다. 이상하게도 단발머리가 깡통을 걷어차는 장면은 언젠가 꼭 한번 경험한 것 같은 느낌을 떨쳐버릴 수 없었다.

용진은 집과는 반대 방향으로 돌아서 길가로 나와 홀인원 당구장으로 들어갔다. 물론 당구에는 흥미를 잃은 지오래다. 화장실 안으로 들어가 핸드백 안을 살펴보기 시작했다. 물론 지갑 따위가 있을 리도 없겠지만, 돈 따위는 관심도 없다. 사업을 한다면서 돈 따위가 관심이 없다면 아무도 믿지 않겠지만 그건 사실이다. 지금부터 아무 일도 하지 않고 놀고먹어도 죽을 때까지 똥 만들 돈은 있었다.

여자의 핸드백 안에는 난초무늬가 그려진 하얀 손수건, 손거울, 립스틱, 빗, 생리대, 수첩, 초콜릿, 볼펜, 수첩, 그리고 노란 다이어리 노트가 들어있었다. 수첩에는 여러 사람의 전화번호가 빼곡히 적혀있었고 맨 끝장에 주인을 기록하는 난에 백일점이라고 쓰여 있고 주소나 연락처 따위는 적혀있지 않았다.

수첩을 이리저리 살펴본다. 맨 앞장 비닐 덮개 안에 들어있던, 여자 사진 한 장이 화장실 타일 바닥에 뚝 떨어졌다. 사진을 주워들었다. 옆으로 길게 찢어진 예사롭지 않은 눈매, 날카로운 콧대, 탐스럽고 야무진 입술을 한, 단정한 이미지의 단발머리가, 화장실 변기에 쭈그리고 앉아있는 그를 한심하다는 듯 바라보는 게 아닌가.

갑자기 소변이 마려워진 그는 바지춤을 내리고 일을 치른 후 엉거주춤 앉아서 울렁거리는 가슴을 누르면서 노란 다이어리 노트를 펼쳤다.

7 요일 1

다락방이었다. 이상하게 퀴퀴한 냄새는 나지 않고 사과 향이 번졌다. 알몸의 남자와 여자가 나란히 누워있었다. 존 레논의 imagine(상상)이 속삭인다.

여자가 몸을 돌려 남자를 바라본다. 남자의 눈은 안개구름이 고인 물웅덩이다. 남자가 마른 톱밥 같은 메마른 손으로 여자의 얼굴을 쓰다듬는다. 여자의 가슴이 애틋하게 젖어 든다. 꿀범벅 벌떼들이 여자의 벌집으로 몰려온다. 감미로운 느낌이 여자를 사로잡는 순간 여자는 꿈에서 깨어난다.

다음 날, 여자는 삼십 년 만에 꿈에도 그리던 첫사랑을 해후한다.

이 메모는 도대체 뭐지? 사랑에 빠진 여잔가? 아니면 단발머리가 무슨 소설을 쓰고 있는가? 7 요일 밑에 적혀진 단발머리의 메모는 용진을 긴장시켰다. 존레논의 imagine 도 추억을 소환했지만, 남녀 운우의 정을 묘사한 대목을 읽는 중에 오랜 세월 고개 숙인 그의 성기에 피가 돌기 시

작한다. 믿을 수 없는 일이 벌어진 거다. 참을 수 없다. 화
장실에 들어앉아 성기를 흔들어댄다. 손놀림이 빨라질수
록 누적돼 있던 지난 상흔들이 거센 물줄기로 솟아올랐다.

사람들 바글거리는 광장에서 발가벗겨진 거 아니건만
용진은 얼굴이 화끈거린다. 얼룩이 묻은 팬티를 끌어 올리
는데 앗! 이건 또 뭐야, 7 요일 일기 바로 밑단에 7 요일 일
기 2가 적혀있었다.

7 요일 2

오늘 실미도라는 영화를 보았다. 실미도? 영화를 보기
전, 이름을 처음 접했을 때 아름다움이 사라진 섬인가?,
그 섬은 얼마나 쓸쓸하고 삭막할까 생각했었다. 사실 여부
와 관계없이 나의 촉은 들어맞았다. 영화관을 나오면서 나
는 계속 풍선껌을 씹었다. 부풀어 오른 풍선이 내 코를 덮
었다. 실미도라는 섬에서 맡은 악취가 진동해서 견딜 수가
없었다. 이 대목을 읽다가 용진은 전율을 느꼈다. 얼음 줄
기가 척추뼈를 타고 흘러내렸다. 긴 한숨을 내쉰다. 변기
속 짙은 갈색 오줌을 원망하듯 변기 레버를 눌렀다. 세상

의 온갖 소음이 어디론가 빠져나가는 소리가 들렸다. 오랜 시간 노폐물처럼 쌓여있던 정액을 방출하고 난 용진은 가벼운 발걸음으로 불광동 공터를 지나며 존레논의 imagine을 흥얼거렸다.

만나야 해. 암담했던 시절, 아현동 굴레방다리 부근 음악 찻집, 돌체에서 본 단발머리, 그녀가 정녕 SNS로 대화하던 백일점과 동일 인물인가? 정말 그렇다면 인연의 요묘함을 어떻게 설명해야 할까? 그녀를 만나야 한다는 욕구가 강렬해지자 용진의 발에 오토바이가 매달렸다. 바람 불면 날아갈 듯 바짝 마른 용진의 어깨에 슈퍼맨 날개가 매달렸나 보았다.

용진은 세워둔 승합차가 있는 역 부근 공터에 도착하여 사방팔방 돌며 그녀를 찾았다. 아름다움이 사라진 섬이라고? 도대체 너는 누구냐? 내 아픈 상처를 들쑤시는 너는 대체 누구냐고? 간신히 잊고 있었던 짐승의 시간을 일깨워주는 너는 누구냐? 너랑 마주해야겠다. 죽기 전에 너랑 마주해야겠다. 용진의 머릿속으로 묻어버리고 싶었던 기억이 사체에 기생하는 구더기처럼 스멀스멀 기어올랐다.

우리는 인간 살인 병기였다. 인간이기를 포기하는 훈련

이 시작되었다. 잔인하고 악독하게! 그것만이 애국이다.
82년, 729 특수공작대 설악 팀은 설악의 험악하고 가파른
계곡이 내려다보이는, 고도 십 킬로미터 상공에서 낙하 훈
련을 하고 있었다. 작전 중 호흡곤란 증세를 일으켜 엉뚱
한 저수지에 떨어져 낙오된 C 병장이 있었다. 그를 임시
훈련장 뒤 미루나무에 윗도리를 벗긴 채 양팔을 매달아 놓
고 얼차려를 하는 중이었다. 벌칙으로 부대장 교관이 누군
가 호명하면 각기 싸릿대로, 곡괭이로, 망치로 군홧발로 수
십 번 가격해야만 한다. 마음 약해져 어설프게 때리면 자
신이 보복당하게 되므로 공작원들은 살아남기 위한 불안
한 눈빛으로 하릴없이 잔인한 폭력꾼이 되었다.

낙오된 C 병장은 피투성이에 거의 혼절한 상태였다. 드
디어 용진의 차례가 왔다. 어차피 죽을 놈이다. 어설프게
패면 더 지옥이다. 죽이기 위해 패는 거다. 절대로 살아 돌
아갈 수는 없다는 걸 그는 알고 있었다. 작고 날렵한 몸을
날려 용진은 무쇠나 다름없는 이마를 C 병장한테 박치기
하자 C 병장은 번갯불이 번쩍 이는 듯 눈을 한번 크게 뜬
후 자동으로 눈꺼풀이 감겨 늘어져 버렸다.

까마귀가 까악, 까악 울어댔다. 마치 악마야 물러가라
외치는 소리 같았다. 순간 부대장의 눈짓 따라 C 병장은

훈련장 뒤에 칸막이 친 샤워장으로 끌려갔다. 물세례를 받고 숨이 간당거릴 때 무릎 꿇고 두 팔 올리고 훈련장을 백번 돌라는 교관의 명령이 떨어졌다. 도중에 팔을 내리면 군홧발로 짓밟혀 다시 쓰러지고를 반복했다. C 병장은 어느 순간 일어나 비틀거리며 죽을힘을 다해 걸어와 그가 묶여있던 미루나무에 자해를 가하고 죽었다.

날 용서하게. 우리 모두 시대를 잘못 만난 죄 아니겠나. 나도 머지않아 병장이 있는 그곳으로 갈 것이니 기다리게.

용진은 이마 아래 흘러내린 메마른 머리카락을 입바람을 내서 불어 올렸다. 끈적하고 무더운 바람이 용진의 옷깃을 스친다. 비가 오려나. 어디선가 그에게 채찍을 내리치는 소리가 들려오는 듯했다.

용진 씨! 당신이 나라를 위해 목숨 걸고 북파공작원이 되었다고? 나라를 위해서가 아니고 자신을 위해서겠죠. 백번 양보해서 나라를 위해서라고 칩시다. 그렇다면 나라가 당신에게 안겨준 건 무엇이었죠? 시대 상황에 따라 진리도 약속도 헌신짝처럼 버려진다는 거, 깨달았잖아요. 차마 그토록 짐승의 시간을 경험하게 될 줄 몰랐죠? 그러니 어쩌겠어요? 역사는 과거, 미래는 아무도 모르는 미스터리, 현재는 선물이라 했잖아요. 현재를 살아내려면 과거의 상처에만 매달리면 답이 없어요. 어떻든 상생하는 방법을 생각해봐요.

용진은 윙윙거리는 날 파리를 잡으려고 두 손으로 귀를 막고 공터에 세워둔 승합차로 다가갔다. 여전히 고구마 따위는 염두에 없었다. 휘적휘적 다리로 걷는지 머리로 걷는지 모르게 마냥 걸었다. 저만치 팔팔 호프집이 눈에 띄었다.

호프집 안으로 들어가 자리한 그는 맥주 한잔과 안주로 닭똥집 튀김을 시켰다. 계산대 위쪽 벽에 매달린 텔레비전에서 북파공작원 유족들이 모여 국가에 진상조사위원회를 결의하고 있었다. 어느 방송 기자가 유족 중의 한 남자한테 마이크를 들이대더니 질문을 던졌다.

군복을 입은 북파공작원들이 지난, 봄 경찰과 대치, 시가전을 방불케 한 사건에 대해 어떻게 생각하냐는 질문이 떨어지자마자 공작원 유족의 눈에 파란 불꽃이 일렁였다.

애국이라는 명분으로 맹수들을 훈련 시켜 이용해 먹고 용도가 끝나니 맹수를 광장에 풀어 놓은 셈이죠. 애국이라는 이름으로 국가가 한 거짓말과 국가가 저지른 범죄의 결과라 말할 수 있겠죠.

용진은 어두운 상념을 누르고 호프집 밖으로 나왔다. 호프집 담벼락에 총천연색 연극 광고 포스터 한 귀퉁이가 바람에 떨어질 듯 매달려 있었다. 아현동 굴레방다리 소극이라? 종로 두산 아트 센터 공연이군. 오늘이 마지막 날인데 연극이나 보러 갈까. 폐광의 입구처럼 뻥 뚫린 용진의 눈이 축축이 젖어 든다. 신기한 일이다. 잔인하고 지독하게 살아남으면서 눈물샘이 마른 지 한참인데 말이다.

—천국이 없다는 상상을 해요. 우리 아래에 지옥도 없고 우리 위에는 하늘만 있어요. 국가들이 없다고 상상해요. 어렵지 않아요. 죽일 필요도, 죽을 이유도 없고 종교도 없다고 상상해봐요. 모든 사람이 평화롭게 살아가는 삶을 상상해봐요.—

용진의 허밍이 밤하늘의 별꽃이 되어 피어나고 있었다.

특별한 날의 해프닝

해마다 계절이 바뀔 때면 민화는 어디론가 떠나고 싶다는 욕구에 시달린다. 바로 그즈음에 뚝섬에 있는 어느 정신병원 사무장으로부터 전화가 걸려 왔다. 낯선 전화에 의아해하는데 그는 그녀의 글을 A 재단에서 나오는 잡지에서 읽은 적이 있다며 말문을 텄다.

"아, 그래요? 신기하네요. 낯선 분이 제 글을 읽고 전화를 주시다니 뜻밖입니다."

다정한 민화의 말에 사무장은 잠시 뜸을 들이더니 '목소리가 너무 젊고 좋습니다. 전화를 잘못 걸었나 했습니다.'라고 말하는 바람에 잠시 가슴이 팔랑거렸다.

"저어~ 환자들을 위한 특별 프로그램인데요. 1시간 정도 세미나를 해보실 의향이 없으십니까?"

뜻밖의 제안에 민화는 선뜻 대답을 못하고 망설였다. 그는 재능기부 차원에서 도와달라고 부탁했다. 작가, 화가,

연극인 등등 돌아가면서 세미나를 진행하기로 되어있다며, 그들은 쇼킹한 걸 좋아하거든요.'라는 말을 덧붙였다. 약간의 망설임이 있었지만 결국 겁도 없이 그 세미나를 해보겠다고 마음속으로 작정하고 퇴근해 돌아온 남편과 그 문제로 대화를 나누게 되었다.

"점점… 이제 별짓을 다 하려고 하는군. 아예 보따리 싸서 거기 들어가 같이 살지 그래? 당신이 그토록 즐기는 인간 탐구도 하면서 말이야."

그가 반은 농담 섞인 어조로 말했지만 뼈가 있는 말 같아서 민화의 신경은 날카로워졌다. 그러나 한번 마음속으로 작정한 일은 아무도 못 말리므로 그날 밤, 엎치락뒤치락하면서 잠을 설쳤다. 그리곤 결단을 내렸다. 자신이 가지고 있는 자질이나 능력을 테스트해보고 싶다는 욕구를 잠재울 수 없었다.

몇 년 전 초가을이었다. 그날도 민화는 역마가 발동하여 신림동 쪽에 볼일을 찾아 나선 길이었다. 전철을 타고 메모 노트에 눈길을 주다 언뜻 차창을 내다보니 스쳐 가는 풍경이 영 낯설었다. 어쩐지 이상하더라니. 신림동과 반대 방향으로 가는 전철을 타는 바람에 엉뚱한 곳에 내렸다. 하릴없이 Y 역전, 버스정류장에서 한동안 두리번거리다 처음 도착하는 버스를 타고 무작정 내달리기로 마음을 굳혔다.

버스에 올라 운전석 뒷자리에 앉았다. 차창에 스치는 미루나무 이파리가 은빛 고기떼처럼 물결친다. 그래! 역마란 좋은 거야. 정적인 것보다 동적인 건 생동감이 느껴지니까. 돌아다니다 보면 일도 생기고 인연도 생기고 드물게 돈이 생기기도 하니까. 어디쯤 왔을까, 열린 창문 틈새로 바람이 살랑거리며 목덜미를 간지럽힌다. 바람의 유혹에 내리고 보니 황량한 느낌을 주는 낯선 곳이었다.

하릴없이 발길 닿는 대로 걸었다. 저만치 안양구치소 건물이 보이고 건너편 들판 밭고랑에서 잡초를 뽑고 있는 한 무리 청소년들이 눈에 들어왔다. 청소년들은 푸른 작업복을 입고 있었다. 아마도 구치소 수감 된 청소년들 작업시간인 모양이었다. 자기도 모르게 발걸음이 끌려 그곳으로 향했다. 민화는 작은 배낭을 내려놓고 그들에게 말을 걸었다.

"날씨가 장난이 아니네. 좀 쉬어가며 해요."

온종일 돌아다닐 참이어서 민화의 배낭에는 먹거리가 제법 들어있었다. 단팥빵, 두유, 귤, 아몬드, 초콜릿 등등.

배낭에서 단팥빵과 귤을 내놓으며 청소년들에게 말을 걸었다. 머리를 긁적이던 한 소년이 민화 앞으로 웃으며 다가오더니 감사합니다 꾸뻑 인사하며 머리를 긁적였다. 그당시 민화도 무척이나 방황하는 청소년을 키우는 입장이어서 남의 일 같지 않았고 워낙 인간에 대한 호기심도 많았다. 대화를 주고받는 사이에 그들의 고민거리에 대해 듣게 되었고 그날의 경험을 A 재단 잡지에 기고한 적이 있었다. 그리곤 책갈피 속에 끼워 둔 마른 잎새를 펼쳐보지 않고 지낸 것처럼 잊고 지낸 지 한참이었다. 시간이 물살 따라 흐르고 다시 찾아온 초가을 아침에 걸려 온 뜻밖의 전화가 가슴을 설레게 한다. 글의 순기능에 대해 생각하자 내내 민화의 얼굴에 생기가 돌았다.

4층입니다. 별의별 환자가 많아서 말입니다. 세미나 할 동안 제가 참관할 거니까 그리 걱정 안 하셔도 됩니다. 사무장의 말에 자신감이 붙었다. 이색적인 만남에 대해 약간의 호기심을 안은 채 보름 후 민화는 뚝섬 부근에 자리한 정신 병동 문 앞에 서 있었다.

격리된 병동의 철문은 군데군데 벗겨진, 흰 페인트로 볼썽사나웠고 철문에 굳게 잠겨 있는 자물통을 보는 순간,

비로소 가슴이 벌렁거리기 시작했다. 갑자기 구토가 나고 이상한 나라의 괴물이 불쑥 나타나 그녀의 목을 조일 것처럼 스산한 기분이 들었다. 위기의식을 느낄 때마다 민화는 스스로 최면을 거는 버릇이 있었다.

'뭐 별일이야 있으려고? 눈을 마주치면 될 걸 뭐. 아무리 무서운 사람도 눈을 맞추면 경험상 별일 없었으니까. 눈 맞춤을 하자! 환자들은 마음이 여린 사람일 뿐이야. 쉽게 상처받고 또 제어 기능을 상실하게 되면 그들도 어쩔 수 없는 상태가 되는 거겠지. 난 낯가죽이 두껍고 뻔뻔스러우니까 잘 해낼 수 있을 거야.'

민화는 마음을 다지고 허리를 바짝 세운 채 낡은 책상이 배열된 통로를 지나 당당하게 걸어 들어가 강단, 마이크 앞에 섰다.

와아! 난생처음 경험하는 낯선 무대다. 무슨 똥배짱인지 몰랐다. 환자들은 모두 사십 명이었다. 팔십 개의 눈동자가 산란하게 일제히 그녀 얼굴로 달라붙었다. 어디서부터 시작해야 할지 난감했다. 가슴이 두근거렸다.

"안녕하세요? 저는 백선녀라고 합니다. 만나서 반갑습니다. 여기 계신 여러분들과 저는 인연이 있어 만났을 거예요." 선녀라고 익명을 말하고 나니 왠지 두려움이 저만치 밀려난 느낌이었다. 우선 만남이라는 것의 인연에 대해 몇 마디 하는 동안 의지와는 달리 목소리가 약간 떨려 나왔다. 그 순간, 질문 있어요, 라는 쇳소리가 났고 어떤 남자가 손을 번쩍 들어 올렸다. 팔십 개의 눈동자를 쫓아 두리번거리던 민화는 고양이 눈을 닮은 분위기의 남자와 눈을 맞췄다.

"선생님이 선녀라면 옷을 훔친 나무꾼하고는 지금 같이 살고 있나용?" 클클 낄낄 웃음소리가 강당 안에 울려 퍼졌다.

"……"

"대답해주세요. 나무꾼은 도끼로 백선녀를 몇 번에 찍었는지?" 민화는 시작부터 심상치 않은 분위기에 긴장한 듯 열감이 일었다. 질문을 한 고양이 눈의 남자와 여전히 눈맞춤하고 농담처럼 웃으며 대답했다.

"백번도 더 찍었지만, 나무꾼이 가지고 있던 도끼가 녹이 슬었던 모양이에요. 백 선녀는 아직도 싱글이랍니다."

주위가 웅성거렸다. 여기저기서 와우! 파이팅! 선녀님 파이팅! 은도끼면 될까, 금도끼면 될까? 오늘부터 우리 돈 벌러 가자. 뭐니 뭐니 해도 머니가 최고야. 금도끼 사려면 난 오늘부터 돈 벌러 나가야지. 선녀님 나 여기서 나가게

222

해줘요. 소원입니다. 주위가 어수선하게 술렁이기 시작했을 때 민화는 환자들을 집중시킬 묘안이 떠올랐다.

민화는 양 손바닥을 소리 나게 부딪친 후 여유로운 표정으로 주위를 둘러보았다. 순간 고양이 눈을 한 남자가 다시 손을 번쩍 들었다. 나도 선녀를 찾고 싶어요. 선녀를 찾아주세요. 그의 눈동자에 상처로부터 놓여나지 못한 불안감이 차갑게 일렁이는 게 보였다.

"만약에 말이에요. 제가 선녀를 찾아준다면 선물로 뭘 주실래요?"

"아! 선물요? 난 돈은 없고 마네킹밖에 없습니다."

"걱정하지 마세요. 그럼 마네킹을 제게 주시면 되죠."

강연을 시작하기 전 미리 검토했던 환자에 대한 프로필이 민화의 가슴에 각인된다. 입원하기 전에 쉴 새 없이 마네킹을 끼고 다니며 나는 너에게 생명을 불어넣어 주고 싶다는 말을 주문처럼 외우고 다녔다는 남자. 22세에 발병. 현재 나이 36세. 전기 쇼크요법과 약물치료를 겸하고 있음. 어머니에 대한 애정과 증오가 팽팽하게 맞서고 있음. 차가운 마네킹에 생명을 불어넣고 싶은 마음이라니. 어머니의 반대로 이루지 못한 첫사랑에 대한 상처가 너무 커서 마음이 너무 여려서 그런 걸 거라고 미루어 짐작했다.

청춘 시절 민화는 인간의 심리를 분석하는데 깊은 관심이 있었다. 이 세상에 태어난 생명 중 쓸데없이 존재하는 생명은 없다. 그것이 한낱 미물이라 해도 말이지. 문득 풍뎅이의 애벌레인 굼벵이가 떠올랐다. 내 사랑 굼벵이가 떠오른 것은 하늘의 축복이었다. 보이지 않는 커다란 손이 민화의 마음을 어루만지는 듯했다.

"여고 시절, 할아버지의 목덜미에 난 난치병, 발찌를 굼벵이로 치료한 적이 있어요." 한낱 미물인 굼벵이가 피고름으로 얼룩진 상처 깊숙이 파고들어 피고름을 빨아먹고 죽습니다. 다음 날 아침 굼벵이의 사체를 건어내고 살아있는 굼벵이를 상처 깊숙이 밀어 넣으면 깊게 팬 구덩이에서 굼벵이는 빛을 향해 기어올라요, 살기 위해서 빛을 향하여 기어오르는 굼벵이를 핀셋으로 집어서 구덩이로 모질게 밀어 넣었어요. 한 달 내내 성스러운 의식처럼요. 난치병이던 할아버지의 피부병이 깨끗이 낫는 걸 보고 얼마나 신기했는지 몰라요. 한 달이 지나자 검붉은 피고름들이 사라지고 그 자리에 분홍 속살이 돋아났어요. 믿을 수 없는 일이 벌어진 거예요."

이 대목에서 환자들이 웅성거렸다. 나빠요 나빠. 굼벵이

불쌍해. 여기저기서 박수가 터져 나오는 사이로 누군가의 불만도 불거졌다. 박수가 잦아들고 나서 민화는 눈을 반짝 빛내며 차분한 어조로 말했다.

이 세상에 쓸데없이 존재하는 사람이 있을까요? 한낱 미물인 굼벵이도 쓸모가 있는데 하물며 이 세상에 태어난 사람들은 말할 것도 없죠. 여러분들도 존재감을 가지고 당당할 수 있어요. 나중에 시간이 훌쩍 지나 돌아보면 병동 생활도 옛날이야기 하듯 추억이 될 거예요.

행여 그녀의 말을 위선적으로 받아들이거나 삐딱한 시선이면 어떻게 하나 은근히 걱정되기도 했지만, 그들한테 진심으로 대했으면 그걸로 족했다. 어쩌다가 철창 속에 갇혀 있는가. 안타까운 생각 끝에 민화는 자신의 마음속 감옥을 떠올렸다.

엄마! 학교 그만둘래. 재미없어 못 다니겠어. 공부가 제일 쉽다는 말 못 들었어? 학교 그만두고 뭘 할 건데? 나한테도 생각이 있단 말이야. 공부만 하는 바보는 되기 싫단 말이야.

남편이 2년 계약으로 유럽으로 출장 가고 없을 때였다. 삶의 나침판을 잃은 듯 아들이 가출하고 난 후 민화는 갈피를 못 잡고 심란했다. 심리학 입문서를 읽고 심리 아카

데미에서 심리분석프로그램을 익혔건만 이론에 불과할 뿐 실제상황에서는 소용에 닿지 않았다.

한 달 후에 아들은 집에 들어와 잠 귀신이 들린 것처럼 잠을 자고 있었다. 도르르 말려 올라간 소매 사이로 타이거 문신이 그녀를 조롱하듯 바라보던 일이 떠오른다. 혹시 아들도 가족 간의 소통 부재로 잘못 방치하면 이런 곳에 오게 될지도 모른다는 생각에 민화는 갑자기 현기증이 났다. 남편의 부재에 일어났던 사건들이 언뜻언뜻 영화의 한 장면처럼 스친다.

새벽 1시가 다 돼서야 집에 들어온 아들은 그녀의 눈길을 피하여 방으로 들어가 방문을 걸어 잠갔다. 문 열어 봐. 그녀의 목소리가 무척 낮았으므로 아마 아들은 조금 긴장했을 것이다. 무슨 일인지 전혀 짚이는 데가 없었으므로 그녀는 산소가 결핍된 것처럼 머리가 무거웠다. 시간이 흘러도 방안에서는 아무 반응이 없었다. 그녀는 열쇠꾸러미를 찾아 누가 쫓아오기라도 하는 것처럼 열쇠 구멍에 열쇠를 꽂았다. 절대로 흥분해서는 안 돼. 마음속으로 다짐했지만 이미 가슴은 불끈거리고 있었다. 드디어 문이 열렸다. 아들은 담배를 입에 물고 무슨 생각엔가 골똘히 잠겨 있었다.

무슨 일이 있니? 무슨 말 못 할 고민이라도 있는 거야?

말을 하지 않으면 누가 알겠니? 아무리 아빠 없다고 네 멋대로 할 거야? 담배는 언제부터 피운 거야? 아들의 방문을 열면 시금털털하고 퀴퀴한 냄새가 나서 짐작은 하고 있었지만, 그녀와 눈이 마주치자 아들은 담배를 비벼 *끄고*는 자리에서 일어섰다.

목욕 좀 할래요. 온몸이 근지러워서 미칠 거 같아. 왜? 피부병이라도 생긴 거야? 그녀가 옷을 들치려 하자 아들은 짜증을 내며 화장실로 들어간다. 변기에 떨어지는 요란한 오줌발 소리가 귀에 거슬린다. 아들이 샤워를 마치고 나오도록 그녀는 인내하며 기다렸다. 갈아입을 속옷을 화장실 앞에 놔두고 그녀는 아들의 방으로 들어와 책상 위 찌그러진 담뱃갑에서 담배 한 개비 꺼내 입에 물었다. 어떻게 아들 마음속으로 파고들까를 생각 중인데 아들이 말끔한 얼굴로 들어선다. 엄마도 담배 피워요? 아들이 믿을 수 없다는 듯이 그녀를 바라본다. 엄마도 스트레스 쌓일 땐 담배 피워. 그렇지만 담배를 피운다고 스트레스가 사라지는 건 아닐 거야. 그냥 스트레스가 풀릴 거라고 착각하는 거겠지. 되도록 아들의 약점을 건드리지 않고 돌아서 가는 길을 택하자 마음이 편안해졌다.

항기야! 엄마가 요즘 마음이 좀 외로워. '행복한 사진관'
이라는 비디오 빌려왔는데 같이 보지 않을래? 아들은 고개
를 끄덕인다. 학기말 고사가 눈앞으로 다가온 것도 까맣게
잊은 채 그녀와 아들이 영화에 몰입해있는 장면을 남편이
목격했더라면 아마 이렇게 말했을 거다. 그건 사람들이 만
들어낸 이야기야. 쓸데없이 허황한 이야기에 빠져 있다가
현재 우리에게 필요한 게 무엇인지 놓치고 만다면 그건 바
보나 다름없어. 매를 맞아봐야 아픈 줄 알겠어?

어느새 아들은 졸린 듯 눈을 비비고 있었다. 가슴까지
끌어올린 캐시밀론 이불 언저리에 침이 묻어있었다. 홀쭉
해진 아들의 뺨을 쓸어내리자 아들은 눈꺼풀에 몽롱한 기
운을 매달고 제방으로 들어간다. 혹시 나 찾는 전화 오면
없다고 해. 아들의 말이 떨어지기 무섭게 전화벨이 울렸고
그녀는 반사적으로 수화기를 집어 들었다.

여보세요. 항기 선배입니다. 내일 수업 끝나고 쟈뎅에서
기다린다고 전해주십쇼. 약간은 어른스러운 듯한 남자의
목소리가 마음에 걸렸다.

얼마쯤 지났을까. 아들의 코 고는 소리가 문틈 사이로
새 나왔을 때, 그녀는 숨을 죽이고 아들의 방으로 들어섰
다. 그리곤 아들의 잠옷 소매를 걷어 올렸다. 빛바랜 잉크

색깔로 굵직하게 그려진 타이거 영자 문신이 아무래도 수상쩍었다. 어머나! 이게 뭐야 문신이잖아. 가슴이 철렁 내려앉았다. 요즘 청소년들은 문신도 패션처럼 문화적 트랜드라지만. 사춘기 청소년들은 어디론가 훨훨 날아가고 싶어 나비 문신을 하는 걸까? 나약한 마음을 감추려는 듯 해골 문신을 하는 건지도 모른다. 항기의 팔뚝에 그려진 타이거, 호랑이 문신을 보며 아들의 심리를 읽어내 본다. 아빠로부터 늘 나약하다는 핀잔, 남자답지 못하다는 핀잔을 자주 들었으니 기성세대에 대한 반항으로 방어벽을 치는 걸까? 코끝이 찡했다. 얼마나 가려울까? 마치 벌레 한 마리가 끈끈이 풀에 달라붙은 듯 살 속으로 파고든 그것은 레이저 광선으로도 지워지지 않을 거 같았다.

밤새 엎치락뒤치락 잠을 설치다가 다음 날 아침 현관문을 나서는 아들에게 정성들여 싼 도시락에 편지를 넣어 건네면서 말했다. 항기야! 너 학교 다니기 싫어? 정말 그런 거야? 학교보다 더 흥미로운 곳이 있는 거야? 시간 늦겠다. 아무튼 어서 가고 오늘 학교 파하면 곧장 집으로 와서 엄마하고 마음 터놓고 이야기해보자.

말없이 아들은 입술을 퉁명스럽게 내민 채 도시락을 책가방에 구겨 넣었다. 너 혹시 무슨 깡패클럽에 들어간 거 아니지? 타이거라니. 무슨 건달 모임에 발을 잘못 들여놓은 거 아니지? 눈을 꼿꼿이 세우자 아들의 눈에 잠깐 흔들림이 있었다.

엄마! 우리 전화번호 바꾸면 안 돼요? 학교 앞에서 아침저녁으로 일진 선배들이 날 조직에 끌어들이려고 기다려. 아빠한테는 아무 말 하지 말아요. 아들의 얼굴에 그늘이 드리웠다. 경찰에 신고하고 도움을 요청하자고 했지만, 아들은 고개를 저었다.

그날 이후로 아들은 학교 간다고 나가 밤늦게 돌아오곤 했다. 아들의 결석 일자가 잦아지자 담임으로부터 더 이상 무단결석을 하면 정학 처분할 수밖에 없다는 전화가 걸려왔다. 담임과 면담 날짜를 잡아놓고 민화의 가슴은 막막했다. 하늘이 무너지는 것 같았지만, 별일 아니라는 듯 태연한 얼굴로 말했다.

항기야! 내일부터 그냥 학교에 나가. 대학을, 가고 안 가고는 나중 문제고 우선 수업일수는 채워야 졸업을 할 거 아냐. 만약에 건달들이 또 찾아와서 널 못살게 굴면 죽기 살기로 한번 붙어봐. 피투성이가 되더라도 죽기 살기로 버티면서 굴복하지 않으면 그놈들도 별수 없는 거 아니겠어?

아들은 방문을 걸어 잠그고 더 이상 그녀와의 대화를 거

부했다. 그녀는 아들한테 다가온 문제를 더 이상 피하지 말고 정면으로 돌파하라고 말은 했지만 예기치 못하게 일어날 변수에 대해 생각이 미치면 가슴이 울렁거려 잠이 오지 않았다.

책임감이 강하고 빈틈없이 완벽함을 추구하는 남편은 가끔 아들한테 언어폭력을 쓰면서도 그 말이 폭력인지조차 모르고 있었다. 눈빛이 썩었어. 살아있는 눈빛이 아니야. 맨날 게임이나 하고 유튜브 동영상이나 보고 앉아서 현실을 제대로 보지 못하고 말이야. 넌 자존심도 없냐. 몸값 올릴 생각은 안 하고 정신 빠진 놈. 앞이 창창한데 주유소에 기름 넣는 일로 마감할래? 현실감각 없는 것까지 제엄마를 빼닮아서 말이야. 남편은 파란 독 가시 같은 말을 가슴 가득 쌓아두었다가 자동제어장치가 고장 난 기계처럼 불쑥 내뱉곤 했었다.

민화는 진드기처럼 달라붙는 지난 기억을 털어내느라 잠시 심호흡을, 하고 주위를 둘러본다. 여전히 수많은 눈동자가 그녀를 주시하고 있었다.

이제부터는 여러분들의 고백을 들을 차례입니다. 무슨 이야기든 좋아요.

저어 선생님! 질문 있어요. 맨 앞자리에 앉은 스무 살 남짓 돼 보이는 갈래머리가 팔을 높이 들었다. "사실 제 꿈은 현모양처였어요. 그런데 꿈이 도망가 버렸어요."

"왜요? 장애물이 있었군요?"

선생님! 난 베토벤을 사랑해요. 특히 그의 운명을요. 따다다단 따다다단 베토벤은 귀머거리, 장님이 될 운명을 타고났나 봐요. 저는 베토벤을 위해 밥상을 차려야 하는데 말이죠. 이 예쁜 손으로 말이에요. 언젠가 베토벤을 위해 밥상을 차리고 싶어요.

갈래머리 여자가 한 소절의 쉼표도 없이 봇물 쏟아놓듯 내지르는 말을 들으며 민화는 잠깐 곤혹스러웠다. 갈래머리가 들어 올린 손에서 몇 개의 손가락이 잘려 나간 걸 본 순간 민화의 심장은 멎어버리는 것만 같았다.

별의별 환자가 다 있습니다. 억지 춘향으로 피아니스트를 만들려는 엄마한테 반항하다가 손가락 세 개를 면도날로 자른 여고생도 있어요. 얼굴도 예쁜데 그저 평범한 부모 밑에 자랐으면 좋았을 걸 말입니다.

엄마도 베토벤을 아주 사랑해요. 딸이 베토벤을 위해 밥상을 차려 줄까 봐 내 손가락을 잘라버렸으니까 엄마는 나빠요. 그렇지만 선생님! 게임이 되나요? 아무리 베토벤이 장님이라도 늙고 추한 엄마를 사랑할 리가 없잖아요.

민화는 잠깐 눈을 감았다. 환자들은 그녀를 선생님이라 부른다. 유능한 선생님은 말을 아껴야 한다고 했잖은가. 머릿속의 거미줄을 걷어내려는 순간이었다.

이미라! 그만 자리에 앉지 못해! 무슨 말인지 알았으니 그만 입 다물어. 사무장이 위엄이 담긴 목소리로 윽박지르 자 미라는 갑자기 소리 내어 울기 시작했다.

아! 무슨 말을 해야 할까, 정상인과는 다른 차원에서 말 하고 있는 미라의 심장을 어떻게 건드려야 할지 민화의 이 마 위로 열기가 몰려온다.

선생님도 베토벤 참 좋아해요. 운명이라는 곡도. 그렇지 만 이런 말이 더 좋답니다. 운명아, 저리 비켜라. 내가 간 다. 우린 운명한테 휘둘려서는 안 돼요.

미라의 물기 어린 눈이 반짝 빛난다.

이미라 씨 계속해서 어깃장 부리면 여기서 내쫓아 버릴 겁니다. 선생님을 너무 피곤하게 하면 더 이상 이 프로그 램을 계속할 수 없으니까. 사무장의 엄포가 계속되자 미라 는 울음을 빨아들이느라 얼굴색이 노래졌다.

사무장님! 부탁이 있습니다. 외람된 말이지만 나머지 시

간은 저 혼자 진행하고 싶은데요. 안될까요? 민화의 말에
사무장이 뜨악한 얼굴로 쳐다보자 술렁이던 주위는 고요
해졌다. 병원 규칙상 그건 곤란합니다. 위험한 일이 생길지
도 모릅니다. 사무장이 난감한 표정으로 말했다.

　그냥 저한테 한번 맡겨보세요. 믿음이라는 거 때로 기적
을 일으키기도 하잖아요.

　정 그러시다면 비상시에 강단 옆 단추를 눌러주세요. 사
무장이 머리를 갸우뚱거리며 나갈 채비를 하자 여기저기
서 함성이 터져 나왔다. 대박! 빠이빠이 사무장, 빠이빠이
해피네스, 라 라 라 라 라 라 라.

　사무장이 나가고 나자 일제의 시선이 다시 민화에게 날
아들었고 순간, 주사약처럼 번지기 시작한 두려움은 걷잡
을 수 없이 민화의 온몸을 휘저었다. 걱정하지 마. 다 잘
될 거야. 민화는 누군가와 눈을 마주치려고 주위를 둘러보
았다. 미라는 아직도 젖은 눈으로 민화를 올려다보고 있었
다.

　울고 싶을 땐 마음껏 울어요. 민화는 자신에게 말하듯
미라의 눈을 응시하다가 강단을 내려와 미라 앞에 섰다.
베토벤을 위해 밥상을 차리는 마음 참 아름다워요. 베토벤
은 지금 죽고 없지만, 그의 음악은 미라 씨의 마음속에 살

아 있잖아요.

맞아요. 맞아요. 그런데 왜 엄마는 나를 미쳤다고만 할까요? 선생님! 선생님은 오늘부터 제 친구예요. 제발 우리 엄마를 데려다줘요. 그리고 여기서 나가게 해주세요. 밥상을 차려야 해요. 베토벤을 위해서. 갈래머리의 강박증은 여전했다.

죽은 베토벤 대신 살아있는 임영웅을 위해 밥상을 차리는 건 어때요? 별빛 같은 사랑을 노래한 트롯의 황제가 떠올라 연극 대사처럼 말해놓고는 갈래머리의 눈을 더없이 다정한 눈으로 바라보았다.

친구, 기꺼이 등짐을 나눌, 마음을 터놓을 친구 하나 있었으면 이 철창 안에 저리도 싱그러운 미라가 헛소리하고 있지는 않을 텐데. 아들도 그랬을까, 교감할 친구가 그리워 어둠의 골목을 방황하고 다녔을까?

담임과 면담 이후 민화의 솔직한 고백에 담임은 배려가 담긴 눈길로 세심하게 관심을 가지고 지켜보겠다고 말씀하셨다. 마음의 감옥에서 벗어난 듯 기쁨이 남실거렸다.아들에게 약간의 변화가 오기 시작했다. 남편이 출장에서 돌아올 즈음에 아들은 착실히 학교에 다녔지만, 여전히 만화방은 들락거렸고 집에 오면 역기를 든다거나 줄넘기를 하면서 몸도 단단하게 다졌다.

만화를 통한 비상의 날갯짓은 계속되었다. 아들의 머리
맡에는 언제나 여러 종류의 만화가 탑처럼 쌓여있었다. 남
편은 하라는 공부는 안 하고 만화에만 미쳐있다고 볼 때마
다 아들을 나무라며 기를 꺾었다. 그때마다 만화들은 쓰레
기통 속으로 들어가곤 했다. 내성적이지만 고집이 대단했
던 아들은 여전히 만화를 빌려왔고 밤을 지새웠고 아빠의
눈에 들키면 아들이 사랑한 만화의 주인공들은 다시 쓰레
기통에 처박혔다.

어떤 날은 만화를 그리기도 했다. 언젠가 아들의 서랍
속에서 미니 스케치북을 발견했다. 김 항기 글. 김 항기 그
림. 제목은 미련한 타잔이었다. 이것 좀 보라고요. 타잔이
미련하다니 재미있고 신선하네. 한번 읽어봐요. 타잔과 친
구가 되려는 소년이 너무 꾀가 많아서 상대적으로 타잔이
미련해 보이는 거잖아요. 항기가 이런 감각이 있었는지 몰
랐네. 남편의 표정이 좀 수그러들었다. 그녀는 때를 놓치지
않고 내지른다. 만화가 뭐 어때서요? 순발력과 상상력도
길러주잖아. 당신은 뭐든 하지 말라는 것뿐이고 하고 싶은
거 해 보라는 건 한 번도 없었어요. 아들이 당신의 아바타
는 아니잖아. 대학에 만화학과도 있다고 들었는데 누가 알

아요. 나중에 이 현세 뺨치는 만화가가 될지. 그런 환상들이란 대개가 달콤하고도 허망한 것이기는 하지만 깨어날 때 깨어나더라도 꿈이라도 꿔봐야 할 거라고 그녀는 중얼거린다.

꿈꾸고 앉았네. 엄마가 그 모양이니 자식도 판박이지. 사내자식이라는 게 만화나 그려서 먹고살라고? 나이를 도대체 어디로 먹은 거야? 내 동창 자식들은 다 공부 잘해서 카이스트에 보낸다. 하버드에 유학 간다고 난리들인데.

남편은 자존심 상한다는 듯 이마 위에 곤충의 더듬이처럼 세로 주름을 접었다. 공부를 잘하면 좋기는 하겠지만, 공부보다 더 좋아하는 거 있으면 그거 하면 되지. 공부가 뭐 그리 대수라고. 공부 못한다고 창피할 건 없어요.

항기가 하고 싶은 거 할 땐 눈이 얼마나 빛나는 줄 알아요? 자신이 재미나는 일 하고 살면 제일 행복한 거죠. 그렇게 말을 하고 나니 아들의 앞날이 환하게 빛날 것처럼 마음이 평온해졌었지.

사무장이 문을 두드렸다. 이제, 그만 끝내주세요. 강연 시간 십오 분 초과입니다. 어머나! 벌써요? 이제 마무리할 거니까 오 분만 더 기다려주세요.

강연이 시작되기 전, 낯선 환자들 앞에서 어떻게 한 시간을 강연하나 조바심 났던 걸 생각하면 피식 웃음이 났다. 그래! 새로운 일에 도전하길 잘했어. 문득 괴테의 말을 떠올린다. '모든 새로운 시작에는 신비로움이 깃들어있기 마련이다'. 민화의 입꼬리가 귓가에 걸린다.

그때 고양이 눈을 한 환자가 걸어 나왔다. 민화에게 다가온 그는 하고 싶은 말을 토해내지 못한 채 목구멍에 장애물이 꽉 막힌 듯 답답한 표정을 지었다. 난감한 상황이다. 오늘 백 선녀를 만나고 낯선 외계인을 만난 듯 머릿속이 복잡해진 건가. 어떻게 해야 하지? 잠시 망설이다 환자와 눈 맞춤을 하고 나자 민화는 자신도 모르게 불쑥 말이 터져 나왔다.

"지금 노래 부르고 싶은 거 맞죠?" 그가 고개를 끄덕인다. "나도 노래 부르고 싶은데 우리 같이 노래할래요? '선녀와 나무꾼' 노래 알아요?"

고양이 눈을 한 남자가 손이 찢어져라, 박수를 쳐댔다. 그러자, 하나, 둘, 셋, 넷, 전이된 박수 소리가 강당 안을 휘몰아쳤다.

사무장과 민화의 눈이 마주쳤다. 사무장도 웃는다. 우리 모두 '선녀와 나무꾼'을 합창했다.

하늘과 땅 사이에/ 꽃비가 내리던 날/ 어느 골짜기 숲을 지나서/ 단둘이 처음 만났죠./ 라 라 라 라 라 라 라라랄!/ 라 라 라 라 라 라 라라랄!

여기저기서 한 소절씩 따라 하더니 사십 명 모두가 선녀와 나무꾼을 합창했다.

아! 누가 처음 노래를 만들기 시작했을까? 노래는 하늘로부터 내려와 모든 아픈 이들의 머리 위에 지은 거미줄 같은 둥지로 내려앉아 억눌린 그들의 심장을 뒤흔들어놓았다. 너무 우렁차서 마치 강당 천장을 뚫고 나갈 거 같은 그들의 노랫소리를 들으며 민화의 눈가가 촉촉이 젖어 들었다. 아무리 메말라가고 있는 세상이지만 이들에게 마음을 터놓을 친구 하나 있었다면 얼마나 좋았을까.

나도 이들과 마찬가지로 외롭고 쓸쓸하기는 마찬가지지만 말이다.

민화는 강연을 마치고 돌아가는 길에 서점에 들러 최신 인공지능 관련 만화를 주문했다. 하늘과 땅 사이에/ 꽃비가 내리던 날/ 민화는 신이 나서 콧노래를 흥얼거렸다.

지나가는 사람들이 힐끗거려도 상관없었다.

고양이에게 말 걸기

백종선 소설집

발 행 처 · 도서출판 **청어**
발 행 인 · 이영철
영　　업 · 이동호
기　　획 · 남기환
편　　집 · 방세화
디 자 인 · 이수빈 | 김영은
제작이사 · 공병한
인　　쇄 · 두리터

등　　록 · 1999년 5월 3일
(제321—3210000251001999000063호)

1판 1쇄 발행 · 2022년 12월 20일

주　　소 · 서울특별시 서초구 남부순환로 364길 8—15 동일빌딩 2층
대표전화 · 02—586—0477
팩시밀리 · 0303—0942—0478

홈페이지 · www.chungeobook.com
E—mail · ppi20@hanmail.net
I S B N · 979—11—6855—110—7(03810)

이 책은 경기도 경기문화재단의 후원으로 발간되었습니다.